『声』

『原点2007』

思いを、もう一度

言語障害と顔面けいれんと共に

朱野アキコ
Akeno Akiko

文芸社

はじめに

キイキイと鳴く鳥の音に安らぎを
感じるほどの孤独は何か

これは、私が二十一歳の時、構音障害の苦しみを詠んだ歌です。

構音障害は、言語障害の一種です。

構音障害で、私がいちばん辛かったことは、周りの人達の言動や態度です。

この本は、私が三十八年かけて構音障害を克服した経験に基づき、構音障害の人に対するいじめ・偏見をなくすことを目的として書いたものです。

目次

第十二章　思いを、もう一度

思いを、もう一度

言語障害と顔面けいれんと共に

第一章　あるテレビ番組を見て

おもしろい彼女

二〇一〇年夏、夜の八時頃テレビをつけると、バラエティ番組が放映されていました。この番組は、一般の人から投稿されたネタを紹介するという形式をとっていました。

まず、「今まで付き合ったおもしろい彼女」というテーマで再現ドラマが映し出されました。

あるカップルがレストランで食事をしている場面で始まりました。女性がメニューを見ながら、ウェーターに「〇〇くだしゃーい」と注文し、それから恋人の男性に「〇〇がいいかなー？」とわざと変な話し方、発音をしています。

そこにナレーションが入り、「サ行・〇行が言えない彼女」という説明をし、そのドラマを見ていたスタジオ中の何十人もの人達がどっと大笑いしたのです（正確なセリフや〇行かは覚えていませんが、全体の流れは大体こんな感じでした)。

私はこの場面を見て、唖然としました。これは、ある一定の発音が普通にできない、構音障害という言語障害の一種です。構音障害は一般にはほとんど知られていません。しかし、人の身体的特徴(本人が気にするようなこと)をおもしろがって笑い者にしてはいけない、ということを、この番組の関係者達は考えられなかったのでしょうか。

この番組を見た人が、その後、学校や職場で構音障害の人を笑い者にする可能性があります。例えば、親子でこの番組を見ていて、親が子供に「そういえば、私の子供の時もこういう変な話し方の子がいたよー。おもしろいよねー」と言えば、子供も次の日、学校で構音障害の子に対して「昨日テレビでやっていたよー」と、からかうかもしれません。

私はこの番組と同じように、小学校でも中学校でも、構音障害のため普通に発音ができないことで、周りの人達から笑い者にされてきました。この言語障害を、周りの人達は「おもしろい、おもしろい」と言って腹を抱えて大笑いしていました。この「おもしろい」という表現に、私は腸《はらわた》が煮えくり返る思いです。本人にとってはおもしろいわけがありません。自分が惨めで、恥ずかしくてたまりません。

このテレビ番組で、構音障害の人を笑い者にする場面は五分にも満たないものであり、構音障害のことを笑ったりからかったりした人にとっては、その場限りの一時《いっとき》のことでしょう。しかし、笑われた本人にとってはそのことがトラウマになり、後々の人生に影響を及ぼします。子供の時、私の構音障害を笑い者にした人達は、私がその後三十年経っても、このトラウマのために人と話せず、辛い人生を送っているとは思いもしないでしょう。

私は、小・中学校の九年間、「話し方が変だ」と笑われたり指摘されたりし続けていたので、高校一年の時には、ほとんど言葉を発することができなくなりました。「言葉をひとこと発するだけで笑い者にされ、いじめられる」という不安と恐怖が常につきまといました。話せないので、人と会うのも一緒にいることも苦痛になりました。ストレートに話し方を指摘されなくても、「皆、心の中では私の話し方を変だと思っているんだろう」と常に感じ、自分という存在が恥ずかしくなりました。笑われない時期が続いても、何年か後、何十年か後に笑われるかもしれない、新しい場所で新しい人と出会ったら笑われるかもしれない、という恐怖がつきまといました。

しかし、このトラウマを誰に話しても、「もう過去のこと。子供の時のことでしょ。今笑われていないならいいじゃない。過去は忘れて。いつまでも過去のことをクドクドと言ってないで」と言われてしまいます。私としては、過去のトラウマのために今も人と話せないのだから、過去のことではないのです。

「話せない」ということは大問題です。私は話せない代わりに絵や短歌を創作して自己表現をしてきましたが、日常生活で一日に何度も何人もの人と話をしなければなりません。また、周りの人達も、私がいくら絵や短歌の受賞歴があっても、話すことに問題があれば、コミュニケーションに関することを指摘します。ですから、言語障害のトラウマは、人生のすべてに、日常生活のすべてに関わってくるのです。そのため、四六時中、構音障害に苦しむことになるのです。

またこのトラウマは、身体にも現れ、人と話そうとすると、声がつまって出なくなったり、頭の中が真っ白になり、動悸がして、話せない状態になってしまいます。

いつも「構音障害の自分は人にどう思われているか」を気にして、言動すべてにおいて、本当の自分を出せなくなってしまいます。

三十八年間で、私の話し方・発音を笑い者にしたり指摘したりした人で、謝ってくれた人はほとんどいませんが、仮に謝られたとしても、笑われた本人は「やはり私の話し方って変なんだ」と思い、人と話せなくなってしまいます。笑われ続けた後でトラウマを消すのは非常に困難なので、事前に笑われることを防がなければなりません。笑われた人が必死になってトラウマを消す努力をするのではなく、最初から話し方・発音のことを笑ったり指摘したりすることをやめさせなければならないのです。そして、「障害だから笑ってはいけない」と考えると共に、「本人が恥ずかしいと思うことを笑ってはいけない」と考えてほしいのです。このような考えでなければ、構音障害の人をからかったりいじめたりする人達は、障害の有無にかかわらず、人をからかったり、わざと恥ずかしい思いをさせて、おもしろがって笑い者にするといういじめをその後もずっと繰り返すおそれがあるからです。

私は構音障害のためにいじめられた経験者なので、構音障害に関わることを書いています。しかし、私が本当に言いたいのは、〝あらゆるいじめや嫌がらせに反対〟ということです。したがって、「障害を抱えているとは知らなかった」という言い訳は通用しません。

今まで私の話し方や発音を笑ったり指摘したりしてきた人達は、話すことが得意な人が多かったのです。テレビ番組の件でも、テレビ局の制作者も出演者も話すことが得意な人が多いでしょう。私は構音障害のため日本語さえ普通に話すことができなかったので、六歳ですでに自分はテレビ関係の仕事は絶対無理とあきらめていました。ですから、その障害のことを笑いネタにしたバラエティ番組を見た時は、話すことが得意な人達から私の話し方を笑われたり指摘されたりした時と同じ類の怒りと悔しさを感じました。

ひとこと言葉を発するだけで、皆から笑われ、いじめられていたら、怖くて話せなくなる、ひとことも言葉を発することができなくなるのは当然です。

「話す、言葉を発する」というのは、人として生きていくための大切な権利です。私は

「話す」という、人として普通のことをしているだけで、笑い者にされてきました。構音障害の人を笑い者にして話せなくするというのは、人としての尊厳を傷つけるものです。

私は二十代後半でもまだ、子供の時からのトラウマで、人と話せず苦しんでいました。

当時創った短歌です。

笑われた言語障害今もなお
　会話の恐怖思い知らせる

第二章　先天性の構音障害

発音ができない

では、構音障害とはどんな障害なのか説明しましょう。「構音障害」は、一部の医療関係者しか知らないようです。私自身でさえ、「構音障害」という名称は、二十三歳の時に書店でたまたま『成人のコミュニケーション障害』という本を見て、初めて知りました。それまでは、自分が普通に話せないのは何なのかさえ知らなかったのです。

私は六歳から十歳までの四年間、学校の指示で「ことばの教室」に通い、言語聴覚士のもとで言葉を話す訓練をしました。しかし、構音障害についての具体的な説明は、いっさい受けませんでした。以来、今日に至るまで、結局誰からも専門的な説明を受けたことはありません。この本で私が説明することは、本や雑誌やインターネットで調べて見つけ出したものです。私は医療の専門家ではないので、自分の症状に基づいて書いていきます。

私が構音障害でいちばん苦労した症状は、「発音ができない」ということです。ただ、すべての発音ができないのではなく、一定の発音ができないのです。

構音障害の人でもそれぞれ、できない発音は異なるのだと思います。私の場合は、「ち・り・ディ・りゃ・りゅ・りょ・デュ」が発音できず、さらに五十音表の第二段目の「いきしちに……」が全体的に言いづらく、先の「ち・り……」という発音できない文字と組み合わせると、非常に言いづらくなりました。

この「発音ができない」ということのほかに、「はっきり話せない」「ろれつが回らない」「大きな声が出ない」などもあり、全体的に「話しづらい」のです。したがって、言いたいことがうまく相手に通じません。

「発音ができない」ということは、「人には別の音に聞こえる」ということです。構音障害の人本人には普通の発音に聞こえるけれど、他人には発音が違って聞こえるのです。ですから、私は普通に話しているつもりでも、他人に「発音がおかしい」と指摘されるのです。これは、話している本人にとってはとてもストレスになり、頭は混乱します。自分が普通に話しているかどうかは、自分で判断できません。つまり、相手が「あなたの話し方は……」と言うか、自分から「私の話し方って変ですか？」と聞くしかないのです。そのため、構音障害の人にとって、他人の反応・コメント・態度は非常に重要で、落ち込んだり自信をなくしたりするかどうかは、周りの人達の態度によるところが大きいのです。

では、「他人には別の発音に聞こえる」ということを具体的に説明します。他人のコメントを総合すると、私の場合、「ち↓き」「り↓い・び・ひ」「ディ↓ジィ」「りゃ↓や」「りゅ↓ゆ」「りょ↓よ」「デュ↓ユ」となり、さらに「い↓ひ」「し↓ひ」など「いきしちに……」の段が似かよってしまって、はっきりしないらしいのです。

例えば、私は数字の「いち」と言っているつもりが、他人には「いき」と聞こえるらしいのです。このように、計十個ほどの発音ができないと、日常会話も成り立ちません。「ち」という発音が入っている言葉を考えても、「地図」「チーズ」「ちから」など、たくさんあります。「ち」と「り」が両方入っている言葉は、「地理」「理知」「塵」「リッチ」「リサーチ」「ちりばめる」などがあります。「ち」と「り」と「いきしちに……」の段の発音が入っている言葉は、「知識」「シチリア」「敷地」「律儀」「理知的」「入口《いりぐち》」などがあります。

このように、名詞・動詞・形容詞などすべてにおいて様々な組み合わせを考えると、私の言えない言葉は無限にありました。さらに、「倫理《りんり》」のように「り」が二ヶ所入っていたり、「資質《ししつ》」「凜々《りり》しい」「父」のように、「いきしちに……」の段の発音が連続していたりすると、口が動かず、とても言いづらいのです。

想像してみてください。

今この瞬間から、自分が「ち」と言っているのに、周りの人達には「き」と聞こえてしまうようになったら、どうしますか?　六歳から十五歳まで、「ち」の入った言葉を言うと、周りの人達から笑われ、「話し方が変」と言われ続けてきました。小学生の時に四年間、言語聴覚士のもとで「ち」と発音する訓練をしましたが、その後も発音を笑われました。

向こうから知人が歩いてきました。「こんにちは」と言えば、知人には「こんにきは」と聞こえます。また笑われるかもしれません。皆に「あの人、〝ち〟って言えないんだよ」という噂が広まるかもしれません。「〝ち〟って言ってみて!」とからかわれたり、いじめられるかもしれません。それでもすぐに、「こんにちは」と声を出して挨拶できますか?

第三章　残酷な日々

ことばの教室

　すべては、小学校一年生になって最初の国語の授業から始まります。教科書の朗読を先生から指名された私は、立って朗読し始めました。途中でクラスの人達がどっと大声で笑いました。私には、訳がわかりませんでした。一字一句どこも間違えず正しく読んでいるのに、なぜ笑われたのかがわからなかったのです。間違っていれば自分で直しますが、どこも間違っていないので、そのまま読み続けました。皆に笑われたのが恥ずかしくて涙が出てきましたが、「私は間違っていない、私は正しい」という思いで、泣きながら最後まで読み終えました。

　担任の教師は「今、朱野さんのことを笑った人は立ちなさい。朱野さんに謝りなさい」と、笑った生徒達をその場で叱り、数人の生徒は立って謝りました。それでも私は、なぜ笑われたのかわからず、納得がいきませんでした。

この授業の後、私は学校側から、隣の学校に設置されている「ことばの教室」に通うよう指示されました。

「ことばの教室」に行くと、男の人がいて、私に単語カードを渡し、「これ読んで」と言いました。その時初めて「私は普通に話せていないらしい」ということがわかったのです。

それでも単語カードを読む自分の言葉が普通に聞こえるので、読み方のどこがおかしいのか自分にはわかりませんでした。私はこの男性を「ことばの教室の先生」と呼ぶことになっていました。私が単語カードを読むのはこの先生しか聞いていませんが、「きっと私の話し方って変なんだろうな」と思い、恥ずかしくなりました。単語カードというのは、受験生が英語の単語を覚える時に使う暗記用の単語カードの日本語版で、日本語（例えば「いぬ」「ねこ」など）が書いてあったり、簡単な絵（例えば、りんごの絵など）が描いてありました。私はそのカードをめくりながら、「いぬ」「りんご」と読み上げていきました。

「ことばの教室」は、何校かの小学校に設置されていましたが、私の小学校にはなく、構音障害の子供は私一人しかいないようでした。私は自分の小学校の授業が終わった後、午後の四時頃、「ことばの教室」に通いました。私の小学校はスクールコートを着ることになっていたので、私が隣の小学校に行くとそのコートは非常に目立ちました。隣の小学校の生徒達は部外者の私を不審な目でじろじろ見るので、私は廊下を歩くだけでも恥ずかしかったのです。

「ことばの教室」は、校舎の一角にある細長い狭い部屋で、先生とマンツーマンでした。机を真ん中に先生と向かい合わせで座り、ろうそくの火を吹き消したり、紙風船をふくらませたり、前歯の裏側にウエハースをつけて舌で取ったり、単語カードを読んだりしました。これらは、口の動かし方・息の出し方・舌の動かし方・声の出し方・発音の仕方などの訓練でした。しかし、いくら訓練しても、自分の耳には最初から正しく聞こえているので、自分では訓練の成果は全くわかりませんでした。

訓練は楽しくはないし、いつも予約してその時間だけ指導を受けるので、「ことばの教室」に通っているほかの子供とは顔を合わせることもなく、先生とも言葉の指導以外、会話することはありませんでした。定期的に通い、機械的に訓練を受ける。この繰り返しで、すべてが事務的でした。「ことばの教室」では「機能的に正しく話せるようにする」ということしか考えられていないようでした。子供の内面・精神的なものは考慮されず、子供の気持ちを気遣う、優しい言葉や励ましの言葉やいたわりの言葉をかける、劣等感を持たせないようにするなどの心理面のケア・サポートはいっさいありませんでした。

「普通に話せないこと」が及ぼす日常生活・学校生活や将来への影響は、全く考慮されていませんでした。

私は今まで構音障害の人と出会ったことがないので、構音障害のことを誰かと語り合ったこともなく、気持ちを共有したこともありません。「構音障害」「ことばの教室」といっても、誰も知らないので、理解も共感も得られません。私の子供時代は、パソコンも携帯電話もインターネットもなかったので、構音障害に関して何の情報もありませんでした。

六歳からの私の主張

構音障害は、学校生活のすべてに影響しました。小学校では、「発表すること・自分の意見を言うこと」が非常に重視されます。私は発表すれば皆に笑われますし、普段の会話も言いたいことが伝わらないので、ほとんど人と話さず、発表もしませんでした。すると、教師達にはいつも「消極的・引っ込み思案・意見を言わない」という性格だと見なされ、成績表には「積極的になるように。発表しなさい」と書かれ、その一方で「言語不明瞭」と書かれました。「構音障害」と言われたり書かれたりしたことは一度もなく、私を表す言葉はいつも「言語不明瞭」でした。

私は自分の本当の性格が誰にもわかってもらえません。さらに「言語不明瞭」と言われると、自分の能力不足・努力不足だと言われているような気がしました。しかし、「ことばの教室」でいくら訓練してもいっこうに治らず、なぜ自分が「言語不明瞭」なのか、誰も教えてくれません。訳がわからず、不安になるばかりです。同級生に「どうして普通に話せないの？」と聞かれても、私だってわかりません。「私は生まれつき発音ができないから」と答えるしかありませんでした。

構音障害で重要なことは、「自分の頭の中では、自分の意見を持っていて、正しい答えもわかっている。しかし、その意見や正しい答えを声に出して言う段階で、『発音ができない・はっきり話せない』という口の機能障害のために、自分の言いたいことが相手に通じなかったり、話し方が問題だと指摘されたり、からかわれたり、いじめられたりする」ということです。そこがいちばん悔しいのです。

例えば、小学校三年生の時、算数の授業で先生に指されたので、私は「いち」と答えました。すると、ある生徒が「〝いき〟だって！　ハ・ハ・ハ！」と大笑いしました。正しい答えを言っても、人には「いき」と聞こえてバカにされるのです。

私は頭では正しい答えがわかっているので、テストの点も成績も良かったのですが、褒められたことはありませんでした。教師達は「成績は悪くても、授業でどんどん発表する子」や「明るく元気な子」をかわいがる傾向があるので、成績が良くても何も話さない私は教師にかまってもらったことはなく、「発表しろ」とよく注意されていました。

また、生徒の間でも、「話すのが得意な子」に人気が集まるので、私はいつも「存在感がない、いるかいないかわからない」と言われました。しかし私が何か話しても、「何？何？」と何度も聞き返され、「もっとはっきり話して。何を言っているのかわからない」と言われるのです。そして、話し方が変だとバカにされたり、何も言わないからとひどい態度をとられたり、いじめられたりしました。

子供の時は皆、歌手やアイドルに興味があります。私は歌うどころか話すことさえできない自分が惨めに思えました。皆がアイドルの話で盛り上がっている時も、興味のあるふりをして、話を聞いていました。

「声・話し方」というのは、人の印象に残り、褒められれば自信になります。逆に構音障害のために「普通に話せない、発音ができない、はっきり話せない、口ごもってぼそぼそ話す、舌足らずな赤ちゃんのような話し方」で、笑われたり指摘されたりすれば、劣等感を持つようになります。また、構音障害を気にして、自分の言いたいことも言えず、何をされても言い返せず、いつも人の言いなりになるしかなく、他人からも「臆病でおどおどした人」と見られて、自分自身が情けなかったものです。構音障害のストレスで、話す以外のこともうまくいかず、さらに劣等感が強まっていきました。

構音障害は、本人の努力だけではどうにもなりません。周りの人達が「からかったり、笑ったり、いじめたりしてはいけない」と考えるようにするしかないのです。私は話す以外のことをどんなに頑張っても、いつも「話し方」に関してコメントされてしまうのです。私が自分の話し方を気にしないようにしても、周りの人達の意識が、私の「話し方」に集まり、コメントするのです。私がこの本で一貫している主張、「周りの人達が、意識を変えてほしい」というのは、六歳の時から周りの人達の態度を約三十年間見続けた経験に基づいているのです。構音障害の人のことも、その人の気持ちや考え方を認めて、ちゃんとした態度で接すれば、構音障害の人は苦しみが緩和されます。

「相手が誰であっても、ちゃんとした態度で接する。からかったりいじめたりしてはいけない」という考え方を皆が持てば、構音障害の知識・認識・説明は不要なのです。相手が構音障害であろうとなかろうと、「〝話し方〟が欠点だと指摘したら、相手が恥ずかしくなって、気にするようになってしまうだろう」「たとえ言い返してこなくても、心の中では苦しんでいるだろう」と、相手の気持ちを考えてほしいものです。

私はよくからかわれましたが、「からかい」というのは「いじめ」と同じくらい傷つきます。からかわれると、自分が惨めになります。「からかい」というのは、相手を見下し、ダメ人間扱いする行為です。自分より目上の人や尊敬する人をからかう人はいないでしょう。人をいじめて「悪ふざけが過ぎた」と言い訳する人もいますが、からかわれるほうにとっては、「遊び・冗談・悪ふざけ」ではなく、「いじめ」であり、心はズタズタです。人をからかって楽しんでいる人は、自分がからかわれたら楽しいでしょうか？　人をからかって「おもしろい」と言う人は、自分がからかわれても「おもしろい」のでしょうか？

言葉の置き換え

そもそも私は、授業や発表以前に、日常会話からして大変でした。普段から自分のできない発音（ち・り・ディ・りゃ・りゅ・りょ・デュ、いきしちに……の段全般）を言うのを避けるようにしていましたが、避けられない時があります。名前や住所・電話番号などです。

例えば、私の母は「チエコ」という名前ですが、「お母さんは何ていう名前？」と聞かれた時、「チエコだよ」と答えると、相手は怪訝な顔をして「キエコ？」と何度も聞き返します。私が何度も「チエコ！　チエコ！　タチツテトのチ!!」と言うと相手はしばらく考えて「ああ、チエコさん」とわかってくれました。相手に推測してもらうしかありませんでした。

私は、相手には「タキッテトのキだよ」と聞こえているんだろうなと思い、自分が「チ」を発音できないことが相手にバレた上に、変な発音を相手に聞かれてしまい、とても恥ずかしくなります。

大抵の場合、相手やその場にいる人達は、不可解な顔をしたり、「何だ、この人」というように顔を見合わせています。名前一つでも、私は人に伝えるのにとても苦労しました。この「タチッテトのチです」と言う方法は、自分で考え出しました。

自分の家族の名前だけでなく、同級生の名前を呼ぶとき、相手の名前にも「ち」や「り」が入っている場合があります。例えば、相手が「エリちゃん」とか「サチコちゃん」とか「リョウコちゃん」なら、「リ」「チ」「リョ」が入っているので、名前で呼ばず名字で呼ぶか、「ねえ」とか「あの」と声をかけるようにしました。でも、クラスの皆が名前で呼んでいるのに、一人だけ名字で呼ぶわけにもいかず、自分からは声をかけることができません。

皆で遊んでいる時、誰かを指名する順番が近づいてくると、「どうしよう」と困ってしまいます。子供の時から私は、人が自己紹介するとまず、「自分の言えない発音が、その人の名前に入っているかどうか」を考えました。

また、「千代田区」「一番地」などの住所、電話番号の数字の「一・八」など、日常会話で最低限話さなければならない語の中に結構「ち」などが入っています。ですから、自己紹介するだけでもストレスです。

挨拶するときは、声に出して「こんにちは」と言わず（苦手な「ち」が入っているので）、黙って頭を下げるようにしていました。すると人から「無愛想な人」と思われてしまうこともあり、挨拶一つでも本当の自分がわかってもらえなかったり、誤解されたりしました。

お礼を言うときは、「ありがとう」と言う代わりに、「すみません」と言ったり、「どうも」と言ったり、軽く会釈したりしていました。

このように、挨拶するにも、私の基準は、「自分の言えない発音がある場合、その発音を言わないで済む手段を考える」というものでした。その手段も、なるべく人から嫌われないように、いろいろ工夫していました。ですから、言葉一つ発するにも、私の頭の中では様々な場面・手段・結果などを瞬時に想定し、思考がフル回転していました。しかし、他人からは、私の受け答えの遅い様子を、「ボーッとした、のんびりした、トローい人」と半ばバカにしたように言われていました。六歳の時から、誰も助けてはくれないので、自分で自分の身を守ることに必死でした。言葉の置き換えなどすべては、構音障害を笑い者にされたりバカにされたりしないための自己防衛としての手段でした。

私はいつも可能なかぎり言葉の置き換えをして話していました。数字で「七（シチ）」は「ナナ」、「八（ハチ）」は「八つ（ヤッツ）」と置き換えましたが、電話番号などどうしても置き換えられない場合は、恥ずかしい思いをしながら小声で「ハチ」と答えました。算数の授業・自分の年齢や住所・買い物……日常生活で数字を言う機会は多いものです。「力が出ない」と言うときは、「体力」に置き換えると「りょ」が入っているのでダメ、「エネルギー」や「パワー」に置き換えます。「あの人は知的・知性的・理知的」と言う時は、「あの人は聡明・頭が良い」と言います。「キッチン」は「台所」と言います。「きっちり、きちんとしている」は、「しっかり」では「り」が入っているので、さらに置き換え、「ちゃんとしている」と言います。「リッチ」は皆よく使う言葉ですが、「り」も「ち」も入っていて、私が言うと、「イッキ」と聞こえてしまうので、「高級」と言います。「立地条件が良い」は「場所が良い」と言います。

例えば、外国語を話す場合は、「日本語→外国語」と頭の中で置き換えますが、私の場合は、日本語を話すときに「日本語→日本語」と頭の中で置き換えているのです。

「好きな科目は？」と聞かれれば、「地理」と言わず「歴史」と答えます。「好きなキャラクターは？」では、「不思議の国のアリス」と答えたいのですが、「アリス」が「アイス」と聞こえてしまうので、特に好きでもない別のキャラクターを言います。外国の国名が出てくると、「チリ」や「アルゼンチン」は言いたくないけれど、「スイス」や「フランス」と言うときはホッとします。

掃除の時間に、「ちりとり」が見当たらなければ、人に「ちりとり、どこ？」と聞かず、時間がかかっても一人で探します。

写真を撮るように頼まれたときは、「ハイ、チーズ」は「チ」が入っていますし、「撮ります」では「り」が入っているので、仕方なく何も言わず片手を振ってシャッターを押すと、「え、もう撮ったの？」と皆にびっくりされます。

「うち」は「私の家《いえ》では」と言います。家族のことを話すときは、「父」と言うと「キキ」と相手には聞こえるので、なるべく父の話はしないようにしていました。どうしても父の話をしなければならないときは、「父親」と言いました。相手には「キキオヤ」と聞こえても、親とついていれば、「どう考えてもハハ親ではないから、父親のことだろう。この人は『チ』と言えないのか」と推測し、父の話だとわかってもらえるだろうと思ったからです。また「親」とついていれば、親という語に意識がいって、「チ」の発音が変なのが相手にバレにくいかもしれない、と考えたからです。ですから、普通は「父はサラリーマンです」と言うのを、私が言うと「キキはサライーマンです」と聞かれてしまうので、「父親は会社員です」と瞬時に置き換えて言っていました。傍から聞けば、「父は……」と言うほうがスッキリ聞こえるでしょう。しかし私は、言葉を置き換えたり省いたり加えたりせねばならず、やけに長い言い回しになってしまいました。そのため、話し方がわかりにくいだけでなく、内容も意味がつかみにくいものになってしまったのです。もっともこれも、どうしても話さなければならないときに、このように話していたのであり、いつもは自分の家や家族の話自体をしないようにしていました。ですから普段から雑談も世間話もしない、家族の話もせず打ち解けない、ほとんど言葉を発しない、という状態でした。

食事のときも、「チキン」は「キキン」と聞かれてしまうので、「鶏肉《とりにく》」だったら「り」が言葉の間に入っているので「トイニク」となり、発音が変なのがバレにくく、内容も通じやすいだろうと思い、置き換えます。レストランのメニューは、大人数のときは食べたいものは言わず、自分が食べるメニューを選ぶときは、自分の言える発音のものを選びます。「チキンピラフ」「チキンカレー」ではなく、「エビピラフ」「ビーフカレー」を選びます。あのテレビのバラエティ番組のように、メニューを注文しただけで皆の笑い者にされるのは嫌ですから。「ピーチ・ストロベリー・りんご」などは、好きな果物ですが、言いたくありません。「りんごジュース」ではなく「アップルジュース」、「チーズケーキ」ではなく「チョコレートケーキ」なら言えます。そもそも私は人と食事するときは、「話せないからどうしよう、どうしよう」と思っているので、「何が食べたいか?」などと考える余裕はないのです。

何か聞かれても、頭の中で言葉の置き換えをしていたり、人目を気にしていると、なかなか決められず、とても優柔不断な人間に思われてしまいます。

また、「ち」の発音を避けると、「ちがいます」と言えないので、人に反論することはできません。「ちがう」と言えば、「ち」を笑われるかもしれませんし、その後になぜちがうのかを説明したり、自分の意見を言わなければならないからです。私は心の中で「ちがうのに」と思っても、反論も主張もできず、いつも「うん、うん」と頷き、相手に従うしかありませんでした。

「ちがいます」が言えなければ、「誓います」も言えません。運動会で生徒の代表が全校生徒の前で「誓います!」と選手宣誓をしているのを見て、「この人は普通に話せるから選ばれたんだ。うらやましいな」と思っていました。

数人の人達が集まって、ある問題について「どういうことだろうね?」と話し合っているときなど、私は正しい答えがわかっていることが結構あるのですが、口に出すと発音を笑われるおそれがあるので、いつも黙っていました。すると周りの人達には、私は答えがわからないから黙っていると思われてしまいます。

「わかっているのに……悔しいな」と思いながらも、私は何も言えませんでした。そして後々までずっと「やっぱりあの時思い切って言えば良かった」と、後悔ばかりしていました。


このように、私は必要最低限のことしか話さず、聞かれたことにしか答えませんでした。皆が話している時も、頷いて話を聞いているしかありませんでした。必要最低限のことを答える時でさえ、恥ずかしい思いをしないように必死でした。そのため、本当の自分の性格も好みもわかってもらえませんし、言葉を別の言葉や動作に置き換えたり省いたりするので、ニュアンスも違ってしまい、自分の伝えたいことが正確に伝わらず、誤解されてしまうこともよくありました。また、声を出さない、というよりも、喉のところで声がつまって出てこない、という状態でした。何度も話し方を笑われたり指摘されたりしたことにより、声を出せないようになってしまっていたのです。

「話さない、声を出さない」ことが、習慣のようになっていました。劣等感が強い私は、「自分のような気弱でダメな人間が意見を言う」ことなど考えもしませんでした。周りの人達も、「この人は何も話さない。意見を言うはずがない」と見なし、私がどうしたいか聞く人もいませんでした。

話さないのには理由がある

三十年前、私の子供時代は「何でも皆同じようにやらなければならない」という考えが多かったので、少しでも普通と違う子供はすぐにいじめのターゲットになりました。

私の場合は、まず話し方が「普通ではない」ので、からかわれます。その精神的ストレスのために、いつも心も体も疲れ果て、話すこと以外のスポーツや音楽、クラブ活動などで皆が普通にできることもできません。結果、動作がのろく、失敗も多く、何もできない人のように見られます。周りの人達は、大人も子供も、「この子はもともと変わった子だから」と見なし、私を理解してくれる人はいませんでした。六歳では、まだ自己を確立しておらず、自分が成し遂げたものは何一つなく、自信もありません。

先天性の構音障害というハンディキャップを抱えて人生をスタートして、構音障害ではない子と何もかも同じようにやることを要求されるのです。構音障害は、その後の人生に大きく影響を及ぼします。

周りの人達は、普通に話せないことに関して、「好きで変な話し方をしているわけではないし、生まれつきのものだろうから、本人も恥ずかしくて辛いだろう」という考えが全くないようでした。私がからかわれても、「そんなこと言ったらダメだよ」と、からかった子を注意したり、私に「気にすることないよ」と言ってくれる人はいませんでした。皆、見て見ぬふりでした。

誰かと親しくなっても、私が何も言えない人間だとわかると、相手は私のことをいい加減に扱ったり、ひどい態度をとったりするようになります。八つ当たりや嫌がらせをしても、それでも私が何も言えないので、いじめはどんどんエスカレートしていきます。傍から見れば、「朱野さんが何も言わないから、いじめられるんだ」と思われるかもしれませんが、構音障害の私は、どうすることもできないのです。

小学校三年生くらいの時、学校とは別の体操教室のキャンプに行きました。私は上級生の男子生徒に何かを誤解され、それが彼の気に障ったらしく、突然お腹を思いっきり蹴られました。私があまりの痛みにうずくまると、その男子生徒は「痛かった〜？　ごめーん」と、おかしそうに笑いながらどこかに行ってしまいました。そして、また次の日も私を殴ったのですが、その時は、たまたま先生が見ていて注意してくれたので、その後は暴力を振るわれることはありませんでした。しかし、私はその場で言い返せず、痛い思いをした悔しさは残りました。

このように、構音障害のために何かを言われたり、されたりする時は、ほとんどの場合、相手にはバカにしたような表情が表れているので、私は「悲しみ」ではなく、「怒り」「悔しさ」を感じます。そして誤解されるだけではなく、その誤解が暴力やいじめに発展することが多く、それがとても恐ろしいのです。

小学校五年生の時、定期的に通っている歯科医院で、私はいつも黙っていましたが、ある時、意を決して治療の後に「ありがとうございます」と言いました。「り」という言葉が入っているので、ドキドキしました。

すると、その場にいた歯科衛生士の女性達が、顔を見合わせて「何～！　この子、変わった～！」と笑ったのです。私はその様子を見て、「私はきっといつもこの医院の人達に〝あの子、無愛想で嫌な子ね〟と噂されているんだろうな。発音のせいで話さないだけなのに」と悔しくなりました。

構音障害のために何も話さないと、口の筋肉が固まって表情もこわばり、無表情になります。また、口をいつも閉じているのが習慣になります。常に構音障害の苦しみが心の中にあるので、私は子供の時から「心の底から笑う、心の底から楽しむ」ということがありませんでした。愛想笑いする時も口を開けて笑うことはなく、いつも口を閉じて微笑むだけでした。

写真を撮られる時も、ほかの女の子達は口を開けて歯を見せて笑っていても、私はいつもいちばん隅で、口を閉じて微笑んでいました。私はいつも何も話さず死んだような表情で、あるいは気弱げに微笑んでいるので、「全く子供らしくない子供」でした。

「何も言えない」のも問題ですが、そのことに関連した「感情を表に出せない」のも大問題です。例えば、「グレる子供」や「不登校になる子」というのは、明確な意思表示をしています。そして周りの大人達も、「グレる子」や「不登校の子」のことは、「何とかしないと」と対処します。

喚く子や暴れる子、暴力を振るう子は、皆がその子に注目し、問題だと考えます。しかし、グレることもできず、不登校にもなれず、誰にも苦しみをわかってもらえず、我慢して学校に通っている子供も非常に問題です。私は無口でも成績が良かったので、「大人しくて何の悩みもない子」と思われていました。しかし、孤独で苦しい毎日でした。無口だと、他人には迷惑をかけないので、本人が孤独で苦しむだけです。構音障害のことや、「発表しろ・意見を言え」と言われて、精神的に苦しんでいると考える人はいませんでした。「無口だから、これでは困る」と考える教師も、授業中に頭ごなしに「発表しろ」と注意したり叱るくらいで、「グレる子」や「不登校の子」のように全面的に何とかしなければ、と考えたり、「何でこの子は、こんなに無口なのか？　発表しないのか？　何も言わないのか？」と深く掘り下げて考えたりしてくれる人は一人もいませんでした。

私の心の中の抑圧された苦しみや悔しさ、怒りは、六歳の時からどんどん積み重なっていきました。話すことができないので、それらの感情を吐き出すこともできませんでした。また、その感情を認め、話を聞いてくれる人もいませんでした。表に出せない感情は消えることはなく、心に残り、心の奥底でくすぶり続け、一生引きずります。出来事は「過去」となっても、感情は「過去」にはならないのです。

構音障害のことは、生徒だけではなく、教師にも認識してもらい、構音障害の子供を、気にかけ、理解してほしいのです。構音障害を知らなくても、あまりに無口な子のことは、放置したり、頭ごなしに「発表しろ、言いたいことを言え」と叱ったりするのではなく、「もしかしたら無口なのは何か理由があるのだろうか？」と考えて接してほしいのです。無口なのは性格のためではなく、言語障害が関係しているかもしれないからです。いくら無口といっても、ウンともスンとも言わず、ほとんど言葉を発しないのは、それはそれで、暴れるのとは別の意味で大問題です。

人前で話すことの苦痛

構音障害は、すべてに影響します。

私の子供時代は、まだメールがなく、日常の連絡手段はほとんど電話でした。私は電話が大嫌いでした。「話す声」のみで伝えるしかないので、言えない発音が入っていて、ほかの言葉に置き換えることができない言葉（名前・住所など）は、何度言っても相手に通じません。何度も何度も繰り返して、相手に推測してもらうしかありません。また、相手も電話の声のみに意識を集中させるので、確実に私の変な発音や話し方が相手にわかってしまいます。家の電話のベルが「ジリリジリリ」と鳴るたびに、心臓がドキドキして、家族が電話に出ても、「私あての電話ではありませんように」といつも心の中で祈っていました。

音楽の授業も大嫌いでした。授業で歌を歌わなければなりません。合唱なら歌うふりをします。いつも歌うふりをしていたので、私は今まで通った学校の校歌や童謡の歌詞は全然覚えていません。歌のテストは一人で皆の前で歌わなければならないので、嫌でたまりませんでした。

また、「ことばの教室」で息の出し方を訓練していたように、私は息も出しにくいらしく、リコーダーなど、管楽器を吹くのがとても大変でした。音楽発表会では管楽器ではなく木琴などの打楽器を選ぶようにしていました。

学校帰りなど、友達同士で一緒に歌を歌おう、という時も、私は歌わないので、「つまらない人」と思われてしまいます。「私は話し方が変だから、歌も変になっちゃうから」と言うと、「確かに変だね」と言われることもあり、落ち込みます。

私はいつも話すことを気にして、びくびくして、頭の中が真っ白になり、心臓もドキドキし、めまいさえ感じました。常に頭痛がしていました。頭をハンマーで殴られたようにガンガンして、血管を血がどくどく流れている音が聞こえてくるほどで、耳鳴りもしました。

健康に関するアンケートで、「いつも頭が痛い」という項目にチェックした時、同級生が覗いて驚いて「いつも痛いの？　今も？」と聞いたので、「うん」といつものごとくひとことだけ答えました。

このように常に体調が悪いと、スポーツもうまくいきません。小学校では、体育の授業以外にも運動会・マラソン大会・水泳教室・スポーツテストなどスポーツに関する行事が多く、私はいつも成績が悪く、スポーツは苦痛でした。

遠足や修学旅行、合宿などは、体力を使い、移動中のバスの中で歌を歌ったり、夜は旅館の部屋で皆で楽しくおしゃべりをします。ですから、私は楽しみにするどころか、その日が近づくにつれ、憂うつになっていきました。

無口な私は、クラス委員長、司会など、人前で話す係や役員は絶対できませんし、推薦されることもあり得ません。いつも図書室で本を読むしかなかったので、私の係は図書係や書記ばかりでした。

翌檜《あすなろ》の気持ち

小学校四年生の時、「もう治ったから」と「ことばの教室」は終了になりました。でも私は、二人なら何とか話せても、三人以上になると、ほとんど話せず、ほかの人達の話を聞いているだけで、会話に入っていけませんでした。私と相手の話を聞いている第三者が、私の話し方を変に思うだろうし、人は集団になると一人の人を笑い者にするおそれが高くなるからです。

ある時、休み時間にクラスの女子生徒達が集まっていました。私が近くに行くと、一人の生徒が後ろを向いたまま隣の生徒に、「ねえ、朱野さんってさ〜」と話しかけていました。

　私がすぐに「私が何？」と言うと、その生徒は振り向いてぎょっとして、「え、朱野さん、いたの⁉」と言いました。

　私がさらに「何なの？」と聞くと、その生徒が「『朱野さんって、話し方変だね』って言おうとしたんだよ」と答えました。私は何も言うことができず、その場にいたほかの生徒達も黙ったままで、そのうちに休み時間は終わりました。私は「ああ、自分のいない所でも〝話し方が変だ〟って皆に噂されているのか。私に面と向かって言わない人も、きっと陰で噂しているにちがいない」と思い知りました。

　四年生の時のある授業中、突然、教育実習の先生に呼ばれ、一人だけ授業を抜けて校長室へ連れて行かれました。担任の先生は出張中でした。校長室に入ると、校長先生と見知らぬ男性がいました。私は校長先生と向き合って座らされ、目の前の机には単語カードが置かれていました。見知らぬ男性が私に「このカード読んで」と言うので、私は「ああ、また言葉のことか……」と思い、仕方なくカードを読みました。すると、その男性が校長先生に「ほら」と言い、校長先生も「確かにね」と頷いて、その男性と顔を見合わせました。私は「ああ、この人、『ことばの教室』の人か。私はやっぱりまだ話し方が変なのか……」と悲しくなり、涙が出てきました。

その男性は、私が泣き出したのを見て、そっけなく「君、もういいから、教室へ行って」と言いました。私は一人で泣きながら教室へ戻りました。

その数日後、学校側から再度「ことばの教室」に通うよう指示されました。担任の先生はそのことを後日聞いたようです。

ある時、生徒数人で担任の先生の家へ遊びに行った折、先生が生徒達に「〝〇〇〇〇〟と言って」と言いました。「タチツテト」のような五十音順の一列でした。生徒は一人一人順番に言いました。私の番がきて、私が言うのをためらっていると、先生が「さあ」と促すので、仕方なく「〇〇〇〇」と言いました。すると先生はすぐに「アハハハハ……」と大笑いしました。その場にいるほかの生徒達は笑いませんでした。私は唖然としました。教師が皆の前で私に話させて、話し方を大笑いしたのです。

結局、「ことばの教室」には、また通うことになりました。そして何ヶ月か通っていると学校側から「もう通わなくてよい」と言われ、小学校四年の時に「ことばの教室」は完全に終了になりました。私は自分では発音が治ったか、治っていないのか判断がつかないので、「ことばの教室」が終了した時に、「今度こそ発音が治ったらしい」と思うしかありませんでした。

しかし、その後もやはり自分の言うことが相手に通じなかったり、何度も聞き返されることがありました。実際は、「ことばの教室」に通わなくなったということ以外、何も変わらなかったわけです。班が替わるたびに、新しい班の人に家来のように扱われたり、ひどい態度をとられたりしていました。私をからかったり、いじめたりしない生徒達も、おどおどした私がからかわれて困っている姿を見て笑っていました。

小学校五年の時、テレビで夏目漱石などの小説をアニメ化した番組が毎週放映されていました。私は毎週見ていました。その中で、とても共感したセリフがありました。井上靖の『あすなろ物語』でした。

「この樹は、あすは檜になろう、あすは檜になろう、そういつも思っている樹よ。でも絶対に檜にはなれないんだって。だから翌檜《あすなろ》っていうのよ」

私は話の内容よりも、とにかくこのセリフが強く印象に残りました。「ことばの教室」が終わっても普通に話せない私は、一生このままだ。この翌檜の樹は、まさに十歳の私そのものだと思いました。

教師のこだわり

小学校六年になり、同じ班のある女子生徒が私をいじめるようになりました。私が泣き出すと、「何これ、涙〜！」と笑っていました。このように、いじめをする人間は、こちらが辛い顔をしたり泣いたりすれば喜びます。人に嫌な思いをさせるのが、いじめの目的で、目的を達成したのだから、「悪かった」と反省するはずがありません。私の経験から言うと、いじめをして謝るのは、いじめを第三者（目上の人）に発見され、叱られた場合のみです。

この時の担任は、とにかく「発表すること」にこだわりました。そして「発表しない子」を嫌いました。いつも授業中「発表しろ」と言い、発表しない生徒が何人かいると、「今、手を挙げていないヤツは立て！」と言います。

私を含め、数人の生徒がその場に立ちました。ほとんどが、大人しい女子生徒でした。担任はクラスの生徒皆に向かって、「こいつらは、自分では発表しないくせに、人の発表を聞いて、テストではいい点取りやがる。汚い人間だ！」と言いました。

数日後の授業でもまた「今、手を挙げていないヤツは立て！」と言い、私を含め数人の女子生徒が立ちました。担任はまた同じように皆に、「こいつらは～汚い連中だ」と言いました。

ある時、隣のクラスの先生がたまたま廊下を通り、私のクラスを窓から覗きました。数人の女子生徒が立たされているのを見て、「この子達はいったい何をしたんですか？」と聞きました。

担任はまたいつものように、「こいつらは～汚い連中ですよ」と言いました。隣のクラスの先生は、「ほほう……」と頷いて、そのまま自分の教室へ入っていきました。隣のクラスの先生がどう思ったのかわかりません。成績が良くても発表しない私は、次の授業では廊下に立たされました。結局、その担任とは個人的に二人で話をしたことはありませんでした。

担任は私に「なぜ発表しないのか」、その理由を一度も聞きませんでした。私は発表できない代わりにテストで頑張っているつもりでしたが、テストの点数が良いことは一度も褒められませんでした。

六年生も終わりに近づき、卒業文集を書くことになりました。生徒一人一人が小学校の思い出を原稿用紙数枚に書きます。担任は、生徒に向かって言いました。

「これから皆に作文を書いてもらうが、オレは『遠足が楽しかったです』とか『運動会が楽しかったです』というようなのが大嫌いなんだ。おまえら、遠足や運動会、修学旅行が本当に小学校の思い出か～？『授業で発表を頑張りました』というようなことを書け！」

私は最後の授業の頃は頑張って、数回手を挙げて発表しました。作文に「私が手を挙げないのは、小学校一年生の時の国語の授業で、教科書を朗読した時、生徒が皆、大笑いしたからです。私は泣きながら朗読しました。……でも、私は六年生の授業で、勇気を出して発表しました」という内容のことを書きました。その文集は、印刷される前に、担任が「生徒同士でほかの人の文章を読んで、間違いがないかチェックする」という取り決めをしました。私の作文は、クラスのある男子生徒に読まれ、その男子生徒はニヤニヤ笑いながら私に作文を返したので、私は居心地悪く感じました。その作文はそのまま印刷され、文集になりました。私の文章に関して、誰も何も言いませんでした。

小学校の思い出で楽しかったことは一つもなく、最後の文集まで言語障害のことを書くはめになりました。私の小学校六年間は、一年生の時の国語の授業からこの卒業文集まで、常に構音障害のことだけで成り立っていたような気がします。

第四章　いじめ

生き地獄

いじめがいちばん辛かったのは、中学の三年間です。構音障害のため、ひとこと言葉を発すれば、「話し方が変だ」といじめられ、それが嫌で黙っていると、「どうせ言い返せないから」といじめられる、話しても話さなくても、いつもいじめられる、まさに生き地獄でした。

私はスポーツが苦手でしたが、中学に入学した時は前向きな気持ちになり、バレー部に入りました。しかし、私にとってこのバレー部は最悪でした。私は二十人ぐらいの同級生達から「『くま』に似ている」という理由で、「くま」とあだ名をつけられ、「くま、あれやれ、これやれ」と奴隷のように扱われていました。

子供のいじめは、暴力が多いように思います。女子生徒でも暴力を振るいます。私は痩せていて体力もなかったので、自分より体の大きい女子生徒に暴力を振るわれたら、かないません。

バレー部でパスの練習の時、体の大きな女子生徒がわざと私と組みになって、当たれば大ケガするくらい強いボールをぶつけてきます。私はレシーブの練習で受け止めるどころか、そのボールに当たれば大ケガなので、ボールから逃げまわるしかありません。私がびくびくしながら怖がって逃げまわる姿をおもしろがって、さらに強いボールを私めがけて打ち続けてくるのでした。

また、別の女子生徒に「くま、ちょっとしゃがんで」と言われたので、私がしゃがむと、突然首根っこを思い切り足で蹴られました。これも当たり所が悪ければ、死ぬこともあります。また、その女子生徒が私の腕に粘着テープを張り、一気に思い切りバッとテープをはがしたので、皮膚が真っ赤になりました。そして痛がっている私を見て、「キャハハ……」と笑っていました。この女子生徒は、小学校六年生の時私をいじめて、私が泣いているのを見て笑っていた生徒です。中学に来ても、反省するどころか、まだいじめて喜んでいる、何も変わっていなかったのです。

別の女子生徒は、私の手を思い切りつねって血が出たのを見て、「キャハハ……」と笑っていました。

別の女子生徒は、練習中に偶然私とぶつかりました。私が一瞬気を失ってその場に倒れた時、バレー部の人達が「大丈夫?」と私の傍に寄ってきました。その女子生徒は、それが悔しかったからと、その後二日間もバレー部の人達全員に命じて私を無視させました。

理由もわからないのに、言われるままに私を全員で無視するバレー部の人達もひどいです。そもそも、なぜ痛みでうずくまった私が、その後二日間も皆から無視されなければならないのか、いじめられる理由がメチャクチャです。

別の女子生徒には、お気に入りのペンケースに消えない落書きをされ使い物にならなくなってしまったこともあります。周りの生徒達は、私が困っている様子を見て笑っていました。私は仕方なく新しいペンケースを買いました。また、ある時は「駅まで行って、お菓子を買って来い」と命令され、私は自転車で駅まで何十分もかけて買いに行きました。

別の女子生徒は、通販でアクセサリーを頼むのに、私の名前を使わせろと言うので、嫌々承知しました。私のところに請求書が届いたので、その生徒に渡し、「お金払っといてね」と言いました。しかし、数日後に督促状が届いたのです。その女子生徒に「お金早く払ってよ」と言うと、「お金の振り込み方がわからない」と言いながら、届いたアクセサリーは使っているのです。「なら、私が代わりに振り込むから」と言い、その生徒からお金を受け取ってやっと振り込んだのでした。

中学までは「いじめ」という言葉が使われますが、実質的には暴力や詐欺・盗みと同じです。中学生になれば当然、善悪の判断はつきます。私の中学の卒業アルバムには、私をいじめた同級生達が「いろいろいじめちゃったけど」「くま、私のおもちゃとしてのお役目ご苦労」など書いていました。いじめる側もいじめと自覚しているのです。

またある時は、バレー部の女子生徒が私の顔をとても醜く描いて、「これ、くまの顔〜！」と皆に見せて、皆が大笑いし、後輩達まで声を押し殺してクスクスと笑っていました。私が困って、その女子生徒がかかげている落書きを奪い取ろうとするその惨めな姿をおもしろがって、さらに皆が笑っていました。

バレー部だけでなく、クラスの女子生徒達も、私をからかったりバカにします。それを見て、さらに男子生徒まで嘲笑するようになりました。このように、私をからかったりいじめたりする人達は増えていきました。いじめは波及していくのです。

ほかにも私が受けたいじめは、たくさんありました。これらの類のいじめは、構音障害でない人でも受けるおそれがあります。しかし、私は、自分が構音障害ではなく、言い返すことができたら、いじめられなかったのに、ということが悔しいのです。いじめは、自分より弱い立場の人が対象です。ですから、私の受けたいじめは一見、構音障害とは無関係に思えるかもしれませんが、私は構音障害を気にして、いつもおどおどし、自分の言いたいことを言えなかったので、いじめられたのだと思います。

構音障害でない人には、「言語障害のために、言葉のこと以外でもいじめられる」ということがわかってもらえません。

「言語障害をからかわれたこと」だけがいじめだと思われてしまいます。私は高校生以降は、新しく知り合う人に、「子供の時、いじめられていた」と言わないようにしていました。

「言語障害のため」ではなく、「気が弱いため」いじめられていたと思われ兼ねないからです。相手が過去にいじめをする側の人間だった場合は、「そんなに気が弱いのなら、いじめてやれ」と、また、いじめられるかもしれないからです。

よみがえった悪夢

ここからは、「構音障害そのものをいじめられた話」を書きます。この種のいじめは、構音障害の人しか経験しないと思います。

私はいつも黙っていました。集団でいる時は、皆が話しているのを聞いているだけでした。生徒三人で家に帰る時は、二人の生徒がしゃべりながら歩いている後ろを、私一人が黙ってついていく、という感じでした。

しかし、中学三年の時、私は「このままではいけない。少しは話すようにしなければ」と思い立ち、バレー部の皆でいる時、「マンガの話なら、楽しいかもしれない」と思い、意を決して話しました。

「そういえば、『キャンディ・キャンディ』のマンガが……」と話し始めました。すると聞いていたバレー部の女子生徒が、

「くまって、『キャンディ・キャンディ』って言えないの？　キャンジィだって、アハハハハ！」

と大笑いしました。その場にいた人達も皆、大笑いして、「キャンジィ・キャンジィ」と騒いでいました。

私はその時、「やはり、発音が治っていなかったんだ」とショックを受けました。小学校四年の時「ことばの教室」が終了した後も、自分の言葉が通じなかったり、話し方を指摘されたりしていたので、完全に治ってはいないのだろうと思っていました。しかし、十四歳の多感な時期に、ここまであからさまに発音を笑われると、もはや治らないことを疑う余地はありません。

「治ってはいなくても、少しは良くなったのかな」というわずかな期待も消えました。

翌日、私がバレー部に行くと、ある生徒が、

「あ、くまが来た！　くまが来た！　『キャンディ・キャンディ』って言って！」

と言いました。

私は仕方なく「キャンディ・キャンディ」と言いました。その場にいた人達はどっと大笑いし、

「ほら、くまは『キャンディ・キャンディ』って言えないでしょ！　『キャンジィ・キャンジィ』『キャンジィ・キャンジィ』」

と皆が腹を抱えて笑い転げていました。まさに、二〇一〇年のバラエティ番組と同じ状況でした。私のところへ寄って来て、「どうして普通に言えないの？」と聞いてくる人もいました。

ここでは、笑うほうは「〝ディ〟のことしか笑っていない」と思うかもしれません。しかし、私は小学校の時「ち・り・ディ・りゃ・りゅ・りょ・デュ」が発音できなかったので、「ディ」を笑われたということは、「ほかの『ち・り・りゃ・りゅ・りょ・デュ』も発音できない」ということになるのです。たまたま「キャンディ」に「ディ」が入っていたから、「ディ」を笑われただけです。もし私が別の話題、例えば「『タッチ』っていうマン

ガは……」と言えば、「え、くまって『チ』って言えないの？　タッキ！　タッキ！」と笑われ、からかわれたかもしれません。笑った人達は、私が言語障害のため小学校の時に四年間も発音を治す訓練に通っていたということを知らないので、「ほんの数回笑っただけじゃないか」と思うかもしれません。しかし、笑われた本人にしてみれば、もう九年も前から四六時中気にしていることなのです。

「ああ、小学校五年の時に通っていた英語教室で、『ジュディ』というペンネームを使っていたけど、皆も『〝ジュジィ〟だって。この人、〝ディ〟って言えないのか』と思っていたんだろうな」と、それまでの九年間を改めて思い返し、恥ずかしくなりました。

小学五年生の時から飼っている犬の名前を「メリー」にしましたが、人から「この犬の名前は？」と聞かれた時、「メリーです」と答えると、「メイちゃん？」とよく聞き返されていました。それも「り」の発音が治っていなかったためだということがわかりました。

構音障害で辛いのは、その場で笑われるだけでなく、大抵の場合は、その場にいない人達にまで、すぐに噂が広まることです。特に親しくもない人達まで、突然私に「しゃべってみてよ」と言ってきます。私の話し方が本当に変なのか、どう変なのか、それを確認するためにわざと私に話させます。そして、私の話し方を普通以上に耳を澄ませて聞き、「本当に変ね」と皆が納得して顔を見合わせて笑うのです。

バレー部で発音をからかわれ、私はただでさえ無口なのが、さらに口を閉ざすようになりました。バレー部の人達は、その後も私を見れば、「キャンジィ・キャンジィ」とはやし立てて、私の顔を見るだけで「キャンジィ?」とからかいます。

さすがに私は耐えきれなくなり、「それは言わないでよ」と何度も言っていると、そのうち三年の夏が過ぎ、バレー部自体の活動が終了しました。

それでも、この出来事は「私の話し方は変、発音は治っていない」という決定的な証拠となり、大打撃を受けました。

バレー部の活動が終了した後も皆で集まることがありました。ある生徒の家で皆でテレビを見ている時、私は「何か話そう」と思いました。意を決して「怖そうだね」と言ってみました。その場にいた同級生達が「えー！　くまがしゃべった⁉　くまって、しゃべれるんだ⁉」と、また私をバカにしました。この「怖そうだね」という言葉も、私の頭の中で、「ち・り・ディ・りゃ・りゅ・りょ・デュ」が入っていないから笑われることはないだろう、と瞬時に考えて選んだ言葉でした。けれど、今度は、いつも無口な私が言葉を発したということでバカにされたわけです。

このように、ひとこと言葉を発するだけで「発音がおかしい」と笑われたり、「無口な人間がしゃべった」と笑われる、これではひとことも言葉を発するのが嫌になるのは当然です。そしてひとことも言葉を発しないでいると、「どうせ言い返せないから」と、いつもの話すこと以外のいじめはそのまま続くのです。

ある時、いつも私をいじめている女子生徒が、「くまが〝発音のことは言うな〟って言うから、私は言わないよ」と恩着せがましく言いました。その一方で、

「くまって何か変。どこがどう変かわからないけど、何か変」

と言うのです。私は心の中で「それなら、私が〝言うな〟って言わなければ、発音をからかうのか。だったら、発音以外のことも変って言うな、いじめるな、くまって呼ぶな。そもそも私は、皆に発音を笑われるストレスで、発音以外の言動もうまくいかないんだ」と思いました。しかし、何も言えないのがすでに習慣のようになっていたので、発音のことだけを抗議するだけで精一杯でした。とにかく、皆私に対して、言いたい放題、からかい放題、いじめ放題でした。私の気持ちを考えてくれる人など一人もいませんでした。

あのテレビのバラエティ番組の「おもしろい彼女」は、二十代と思われますが、レストランで当時の恋人に、その時だけ笑われたわけではないでしょう。その後も「僕の彼女は話し方変だよ」と噂を流されたかもしれません。

からかう側にとっては軽口のつもりでも、からかわれる側にとっては、二十年三十年繰り返し続いてきていることなので、「またか。結局私はまだ発音が治っていないのか」と

再認識し、「またあの悪夢がよみがえった」という暗闇に突き落とされたような気持ちになるのです。

私は構音障害といじめのストレスで、常に体調が悪く、スポーツは全然できませんでした。部活のバレーも全く上達せず、中学三年の夏の最後の試合では、十三人の生徒の中で私一人だけがレギュラーにも補欠にもなれず、ゼッケン番号をもらえず、下級生と一緒に応援するという状態でした。ただでさえ構音障害といじめで、普段からバレー部の中でいちばん惨めな私が、最後にバレーボールそのものでも惨めな思いをする、という結果になったのです。下級生と一緒の応援も、構音障害のため大きな声は出せませんでした。バレー部の顧問は私にいっさい声をかけず、同級生達も、一人だけゼッケン番号がもらえず泣いている私に「泣きたいなら、泣けばいいじゃん！」と冷たく言うだけでした。このため、私は中学三年でスポーツが大嫌いになり、やるのも見るのも嫌になりました。

何もかも

私は小学校を卒業する時、卒業文集に構音障害のことを書き、誰にも何も言われなかった、という話を前の章で書きました。中学生になり、一人の教師がその作文に目を留めました。

「この作文を昼の校内放送で紹介してよいか？」

と聞かれたので、私は断ることもできず承諾しました。

予定された日、私はドキドキしながら放送を聞きました。しかし、給食の時間で皆おしゃべりに夢中であり、聞いている人は誰もいませんでした。その後、その教師からいっさい連絡は来ませんでした。結局、私の作文は、昼の放送の時間に一つのネタとして流されただけのようでした。

また、私はある時、放送の係になってしまいました。放送室で連絡事項をマイクで全校生徒に向けて話さなくてはなりません。私は、放送して自分の変な発音や話し方を中学の全生徒に大笑いされたらどうしよう、と考えると緊張して、非常にストレスを感じました。その時は笑われなくて済みましたが、私はアナウンサーや声優、通訳の仕事など、「声」を使う職業には絶対就けないな、と思いました。

構音障害のため、学校生活は大変なことばかりでした。

水泳の授業で、長い時間水にもぐっていられる人から順に、プールから上がってよいという練習がありました。

私は小学校の時、「ことばの教室」で息を吐く訓練をしましたが、中学でもまだ息の出し方に問題があったようです。長時間もぐっていることができず、すぐ顔を水から上げてしまいました。皆がどんどんプールから出ていく中、私は最後まで残り、必死にもぐる練習を続けました。

また、給食の時間も苦手でした。もともと早く食べることができない上、同じ班の人と会話しないとつまらない人と思われてしまうのでいつも緊張していて、食べ物も喉を通らない状態だったので、いつも食べるのがのろくなってしまいました。当時のクラスでは、皆が食べ終わるまでは昼休みにならないので、早く食べ終わり、外に出て遊びたいという同級生達に非難の目で見られながら、私は必死になって食事を牛乳で流し込みました。食事中は楽しく会話できない自分が惨めになり、食事もおいしいとは思えませんでした。

普段から声を出さないようにしているうちに、私は声が出ない体質になっていました。

驚いたとき「あ！」と声をあげたり、転びそうなとき「わ！」とか「痛っ！」と無意識に声が出ますが、私はそのようなときもいっさい声が出なくなっていました。日常生活で、感嘆詞すら発することができなくなっていたのです。そのため、周りの人達からは、いっそう「存在感がない・変わった人」と思われるようになってしまいました。

ところで、私は小学校の頃からずっと歯の矯正に通っていましたが、毎回歯科医に「よく歯ぎしりするの？」と聞かれました。無意識に、寝ているときも歯ぎしりしていたようです。小学生の時から常に頭痛がしていましたが、寝ているときも熟睡できず、いつも悪夢ばかり見ていました。追いかけられる夢、高い所から落ちる夢、殺される夢などで、起きたときは体がぐったり疲れ果てていました。

私は構音障害といじめでパニックになり、頭が働かなくなっていました。普通では考えられないようなミスをして、余計周りの人達から非難の目で見られていました。

中学になると生徒会があります。立候補してスピーチして、生徒会の役員になる人もいます。私は人前で演説できるはずもなく、政治家や弁護士のように話術を必要とする職業も最初からあきらめていました。

六歳の時から、話せない私は将来、就ける職業がないと思っていました。それでもなりたいと思ったのはグランドホステスです。小学校五年生の時に成田空港に行った時、空港でピシッとした制服で利用客を案内・接客している姿がカッコイイなと思ったからです。しかし、中学三年の時、あからさまに日本語の発音を笑われたので、グランドホステスはあきらめました。

私が将来唯一就けるかもしれないと思った職業がありました。小説家です。家に籠もって誰とも話さず小説を書いていればいいにちがいない、話せない私は今後寂しい人生を送るだろうけれど、小説の主人公に自分の代わりに波瀾万丈の華やかな人生を送らせることができる、と思ったからです。家に画集があり、ある日本人画家の弟子になろうかとも考えましたが、その画家は当時ニューヨークにアトリエがあったので、日本語がうまく話せない私は当然英語も話せず、海外で生活できないのであきらめました。中学の時は、アガサ・クリスティなどの推理小説ばかり読んでいましたが、将来は文学部に行って、小説家になろうと思いました。

このように、小・中学校の九年間で、構音障害を笑われ、いじめられたため、話すことも話すこと以外のこともすべてうまくいかず、私は劣等感の塊になりました。自己肯定感がゼロで、自己を嫌悪し、自己を否定し、自分には全く価値がないと思いました。その後の人生でも、いつでもありのままの自分をバカにされ笑い者にされていると感じるようになりました。また、自分のいないところでも、自分が噂されて、バカにされている、という感覚を持つようになりました。

このように感じるようになったのは、周りの人達の構音障害の人に対する理解がないからです。たとえいじめた人が、いじめが発覚して謝っても、いじめられた人の心の傷は残ります。最初から「いじめない」という意識を皆が持つべきです。いじめられた後に対処するのではなく、いじめが起きないようにしなければなりません。

私は九年間いじめられ続け、十五歳の時には、ほとんど言葉を発することができなくなっていました。

第五章　キイキイと鳴く鳥

冷めた心

私は高校に入学する時、「もう人と話さない・人と関わらない」と決めました。

中学の時に私をいじめた人達は、皆、別の高校に行きました。それでもまだ私の家に電話をかけてきて「遊びに行こう」と呼び出してくる人が一人いましたが、当然断りました。高校でもクラブは強制的に入らなければならないので、話さなくてよさそうな茶華道部に入りました。高校時代も、常に体調が悪く、日常生活も辛い状態でした。三年間、教師とは個人的な話は全くしませんでした。

一年生の時のことです。毎朝、ホームルームの時間に点呼があります。担任が一人一人の名を呼び、皆が「ハイ」と返事をします。私は構音障害のため大きな声が出ないので、小声で答えていました。私の前の生徒が「ハイ」と答えると、担任はいつも「〇〇、おまえは大きな声で良い返事だな」と褒めます。そして次の私を抜かし、私の次の生徒の名を呼ぶのです。これと同じことが数回ありました。私は成績は良かったのですが、この教師には一度も褒められたことはありません。私の名を呼び忘れることが偶然何度も続いただけだとしても、やはり名前を呼ばれないのは不快でした。しかし、大きな声で返事できないのは事実であり、すでに劣等感の塊だったので、この教師には何も言えませんでした。

私は中学三年生の時、構音障害が治っていないことが確実になったので、「何とかしなければ」と思いました。どこに相談したらよいかわからなかったので、とりあえず総合病院の内科を受診しました。医師の前で話そうとすると、涙があふれ出て、やっとのことで、

「皆に発音を笑われます」

とだけ言いました。医師は冷たく、

「あなたの話し方、変ではないですよ」

とだけ答え、私の話を聞こうともしませんでした。私は仕方なく、そのまま泣きながら帰りました。三分にも満たない診察で、私はずっと泣いていました。医師は、私の言えない「ち・り……」などの発音を聞いていないのだから、私の話し方や発音が変かどうかわかるはずがないのです。私は途方に暮れました。

カラオケ

その当時、カラオケが流行り始めていました。高校一年生の時、クラスの生徒数人と食事に行くということで集まり、その後初めてカラオケに行きました。カラオケは一人で歌わなければならないので、会食よりもさらに苦手でした。この時は頑張って二曲くらい歌いました。その数日後、一緒にカラオケに行ったメンバーの一人から手紙が届きました。「カラオケは思い切って歌ってしまえば歌えるものだから、さあ君も歌ってみよう！」というものでした。私は「気が小さいためにカラオケが苦手」と一方的に決めつけられたように感じました。後日その人に会った時、私は「手紙届いたよ」とだけ言うと、その人はバツが悪そうにしていました。私はカラオケどころか、鼻歌も歌ったことはありません。構音障害のため声も出ませんし、気分の良い時などないからです。

大学受験があるので英語の勉強は必須ですが、日本語さえうまく話せない私は、語学を黙読と筆記のみの非常に能率の悪い勉強の仕方しかできませんでした。語学の勉強をしていると、小学校の時「ことばの教室」で日本語を話す訓練をしていた時のことを思い出し、辛くなりました。英語も、英語以外の授業でも、指される順番が近づいてくると、「発音を笑われるかもしれない」という恐怖で、頭は真っ白になり、冷や汗と動悸で、授業には全く集中できませんでした。高校の授業では、自ら発表することは求められませんでしたが、教師が指名したり、皆の前で自己紹介やスピーチを順番でやったり、大勢の前で話さなければならないことが何度もありました。

ロシア文学

話せない私は、学校以外はいつも家や図書館で本を読むことしかできませんでした。実家に世界文学全集があったので、古今東西の文学作品を読みあさりました。その中で、いちばん共感したのが、ロシア文学です。

十五歳の時、ドストエフスキーの『罪と罰』を読み、「ここに私の苦しみが描かれている。世の中には私の苦しみがわかる人が一人はいるんだ」と思いました。

いちばん共感した言葉は、ソーニャの父マルメラードフの「どこにも居場所がない」という言葉です。先天性の構音障害の私は、六歳の時から、どこに行っても誰とも話せず、常に孤立していました。「話すことができない自分には居場所がない」と思っていたので、その言葉はまさに私の気持ちそのものでした。また、主人公のラスコーリニコフの「僕は踏み越えたかったんだ」という言葉も、「構音障害を乗り越えて、普通に話せるようになる」という私の願望と重なり、貧困のために現状をどうすることもできないラスコーリニコフの焦燥感が、言語障害のために人生をどうすることもできない私の焦燥感と重なったのです。『地下室の手記』の地下生活者の「幸福と不幸が半々ならそれは幸福ということなんだ。不幸のないところなんてないからね」という言葉では、「私は言語障害で不幸だけど、不幸があるのは当たり前、と考えよう」と自分を励ましました。

私は本を読む時、いつも構音障害と結びつけて自分なりに解釈してしまいます。本を読むことだけが、心の支えでした。小学校五年生の時、テレビ番組で共感した『あすなろ物語』も、高校生になってから井上靖の原作を読みました。

逃げ出す決意

二年生になり担任が変わったので、朝の点呼の際に嫌な思いをすることはなくなりました。ある時、日帰りのバス旅行の行事がありました。私がバスに乗ると、もうクラスの人達は皆席に座っていて、いちばん前の席しか空いていなかったので、仕方なくその席に座りました。バスが発車して、付き添いの教師がマイクで話し始めました。私のほうを見ながら、後ろの席のクラスの人達に向かい、「皆さん、バスに乗る時に、どういう人がどの席を選ぶかは決まっているのです。こういう時、いちばん前の席に座る人は……」と少し間を置き、「無口な人です！」と言いました。すると、クラス中の人達がどっと大笑いしました。私は唖然としました。教師が笑いをとるために、本人も気にしている「無口」を話のネタにしたのです。

私は話し方で笑い者にされないために、日頃からクラスの人達と全く話さない、関わらないようにしていたにもかかわらず、今度は「話さない」ということで、結局は笑い者にされてしまったのです。

「やはり皆、日頃から私のことを無口だと思っているんだ」と思い知りました。バスの移動中、順番にマイクが回ってきて、教師や生徒がカラオケに合わせて歌っていましたが、私は終始、私の番がきたらどうしよう、と気が気でありませんでした。この時は歌いたい人だけが歌い、私は歌わずに済んだのですが、それはそれで、「歌わなかったから、やはり皆に〝無口な人、協調性のない人〟と思われてしまった」とイライラしました。

私が子供の頃、「ことばの教室」に通っていたことやいじめられていたことは誰も知らないので、私は皆から「物静かな人」と思われ、無口なのは性格のためと思われていました。私は以前と同様、言葉を省いたり置き換えたりしていたので、受け答えが遅い上、構音障害のストレスで話すこと以外の動作ものろくなってしまいました。ムスッとして無口だと人を不快にさせるかもしれないので、なるべく人から嫌われないように、いつも微笑んでいるようにしていました。その様子を見て、クラスの人達は、「の一んびり、お一っとりした、いつもニコニコしている朱野さん」と言いました。

私は「ここには私の苦しみをわかってくれる人はいない。卒業したら、東京へ行こう。東京なら、いろいろな考えの人が集まっているから、どんな人でも受け入れてくれるだろう。何としても、この辛い子供時代を送った場所から逃げ出そう」と思いました。

高校三年生の時、何かの機会に、私が東京の大学を受験するということがクラスの人達に知れ渡り、ほとんど話したこともない人達が大声で「え一！」と叫びました。皆、大人しい私は地元の大学しか受けないと思っていたらしいのです。

私は「東京の大学を受けるのが、そんなにおかしいのか！〝受かった〟ではなく〝受ける〟だけでこんなに驚かれるなんて。こんな場所、もう嫌だ」と思いました。

このように、小・中学校では発音で笑い者にしたり、暴力を振るったりとストレートないじめでしたが、高校以降は、ほとんど話すことをやめたので、あからさまに発音を笑われることはありませんでした。代わって、無口で動作がのろいことなど、私の様子全体が笑われたりバカにされたりすることがほとんどでした。

大学受験は、構音障害のストレスで心も体もボロボロで勉強どころではなかったのですが、何とか滑り止めの女子大だけ受かり、上京することになりました。話せない私は一人で文章を書く小説家になるしかないと思っていたので、文学部しか受験していません。人生のスタートラインから、私には将来の選択肢がなかったのです。

大学進学

高校卒業後、私は上京し、女子大の学生寮に入りました。寮にはカラオケルームがなくホッとしました。

しかし、先輩との二人部屋で、寮祭などのイベントでは、学生達がグループになり、ステージで歌ったり出し物をしたりしなくてはなりません。また、電話当番があり、寮にかかってくる電話に出て、寮内放送でマイクに向かって「○○号室○○さん、お電話です」と言わなければなりません。

ある時、私が寮の食堂で食事をしている時、たまたま席の前のテレビがつけてあったので、その番組を見ていました。ヤンキーの少女達を扱ったドキュメンタリー番組でした。

私は「こういうグレる子供というのは、自分の感情を表に出せているし、周りも気にかけて、テレビ番組でも取り上げられる。でも、グレることもできず、何も話せず感情も出せず、周りからも放置されている私のような人間も問題だ」と思いながら、真剣に見ていました。すると、遠くの方で笑い声が聞こえるので、顔を向けると、寮の先輩達が私の方を見て皆でクスクス笑っているのです。その後、私が部屋に戻ると、先程の先輩達が部屋にいて「アキちゃん、さっきの番組、どう思った～？」と聞くので、私が「世の中には、いろいろな人がいるんだな、と思いました」と答えました。すると先輩達がどっと大笑いしました。大人しい私がヤンキー特集を見ていたのがおかしかったらしいのですが、私は自分がテレビを見るという普通のことをしているだけで笑われて、悔しくてたまりませんでした。このように、全然親しくもない、話したこともない、複数の人達が遠くから私を見て皆でクスクス笑っている、ということが、高校・大学時代よくありました。私が普通のことをしていても、ありのままの姿を笑われるのです。

私は、「このままでは私は一生人からバカにされ続ける。私が今後バカにされないためには、一流の学歴を身につけなければ」と思い立ち、再び受験勉強を始めました。

当時は六歳から続くストレスのため、自分が何が辛いのか、なぜ辛いのかさえわからなくなっていました。電車に乗っている時、突然涙がボロボロ出てきて止まらなくなったり、突然訳もなく笑い出して止まらなくなったりしていました。それでも、自分の身を守るものは学歴しかないと思ったので、必死になって受験勉強し、二浪覚悟で再受験し、一流大学の文学部の夜間部に合格し、女子大は一年で退学しました。

改めて大学に入学する時、これからは人にバカにされない人生を歩もう、と思いました。しかし、ここでも構音障害のため話せないことが足枷《あしかせ》となりました。大学生になると、サークルに入る人が多いものです。どんなサークルでも、飲み会やカラオケは必ずあります し、普段も部室でおしゃべりします。文学サークルでも、家で読んできた本や作家について討論したり、読書会で自分の意見を発表したりしなければなりません。サークルの合宿に行けば、宿舎にはカラオケルームがあり、討論会の後はカラオケです。美術サークルでも、デッサン会の後には飲み会があります。

初めて行ったサークルの飲み会でも、私は何も話せず黙って隅に座っていました。すると、飲み会の後で先輩が、「皆、楽しんでいるのに、君は暗い顔して話もしない」と言うので、私は「まだ入学したばかりで、大学に慣れていないんです。子供の時、発音がおかしいって皆から言われたんです」と答えました。それでもなお、説教され続け、「言葉のことは、皆、悪気があって言うんじゃないよ。君は人が怖いんだよねー」と子供扱いされました。

　その先輩から数ヶ月後に電話がきたので、私は思いきり明るい声で、「もう大学慣れて、友達できました！」とだけ言いました。

　その先輩は「え……学校慣れていないって言ってたじゃん……友達できないって……」とだけ言って電話を切り、それきりでした。このように私は構音障害で話せないために、最初は私のことを気が弱いと思っていじめたりバカにしたりしていた人が、私が気が弱くないとわかったとたん、態度を激変させる、という人間の嫌な面を三十八年間、本当にたくさん見てきました。このような人達に限って、私のことを非難しながら、「仲良くしましょう」と寄ってくるのです。

　同じ大学の人にバカにされるのが悔しくて、夜間部から昼間部に転部することに決め、サークルにも行かず、転部試験の勉強を始めました。故郷で成人式がありましたが、私は小・中学校時代に私をいじめた人達とは会いたくなかったので、出席せず、東京で試験勉強をしていました。大学一年の時も受験生のような生活でしたが、試験に合格し、二年目から昼間部に行くことになりました。

大原問答

転部試験後の春休み、私は京都に母と一緒に旅行に行きました。二月の冬枯れの閑散とした大原を訪れ、僧達が問答したという「大原問答」で有名な勝林院に行きました。当時二十歳の私は、自分にとっての人生の目標は、「普通に話せるようになること」でした。そして、「人と議論する・討論する」ことは、私のあこがれでした。高校生の時読んだドストエフスキーの小説の登場人物達も皆、長々と自分の意見を述べ、議論し合っているので、私もこんなふうに話せるようになりたい、と思っていたのです。「勝林院」という寺院の名にも引かれました。いつも人から「気弱で暗い」といじめられていた私にとっては、「勝つ」という文字は私の目指すものでした。寺院の入口に書かれた「勝林院・大原問答」という文字を見て、私は、「何としても構音障害を克服して、話すことができるようになるぞ」と決意したのです。

同じことの繰り返し

私は大学二年生になり、文学部の昼間部へ転部しました。高校時代、外国文学をたくさん読んだので、国文科ではなく、外国文学の科を選びました。語学の勉強もあることで迷いましたが、文学部なら、外国語を話す必要はないと思ったのでした。しかし、私はすぐに後悔しました。日本語さえ思うように話せない私にとっては、語学の授業があること自体ストレスだったのです。私は「構音障害の自分は、外国語を勉強する資格はない」と思いました。日本語さえ話せないのだから、どれだけ長時間勉強しても、外国語は話せるようにはならないのです。話せない私は、誰に対しても気後れしていました。

同じ年頃の女の子達は華やかにオシャレしていましたが、私は「どうしようもない自分は、オシャレする資格はない」と思っていました。オシャレしたり化粧したりして見た目はバッチリ決めていても、ひとこと言葉を発すれば「話し方が変」では、かえって滑稽で笑われるかもしれないので、あえて見た目もひどくしていれば、自分の変な話し方とつり合いがとれるだろう、と思ったりもしました。また、人と話すと話し方が変だとバレてしまうので、人から話しかけられないように地味で目立たない服装ばかりしていました。本

来私は赤やピンク、オレンジなど暖色系が好きなのですが、寒色のほうが目立たないかと思い、水色や紺などを選んでいました

話せないストレスで、顔もむくみ、表情はこわばり、肌も荒れていました。人に嫌われないために自己防衛として、いつも微笑むようにしていました。そんな私を見て周りの人達は、「いつもニコニコして幸せそうー。何の悩みもないのねー」と言ったものです。私は構音障害のために「何も言えない、怒れない」のです。「いつも微笑んでいる」というのは、笑っているのではなく、「表情の変化がない、感情を表に出せない」ということなのです。また、話し方も動作ものろい私は、「ボーッとしている、のーんびりしている」などとも言われました。

私が何か答えると、その受け答えがのろいので、相手やその場にいる人達がクスクスと笑うことは、よくあることでした。構音障害の人の話し方もその人自身のことも、子供扱いされ、バカにされやすいのです。

文学の授業で、一人三十分くらい発表することになりました。発表の数日後、クラスの人達が、「この前の発表だけど、朱野さんって速く話せるんだねー」と言ってきました。別の日に別の人も同じことをクラスの人達が集まっている時に私に言うのです。このような時はいつも、私は何も言えずうつむいていました。時間をかけて一生懸命準備した発表

の内容についてコメントした人は一人もいなくて、話し方に関するコメント、しかも「速く話せるんだー」とバカにしたようなコメントしか言われませんでした。

私は最近、インターネットで構音障害について調べましたが、そこに、「この障害は、周りの人達が構音障害の人の話の内容ではなく、話し方に注目しコメントする、という特徴がある」と説明されていました。まさに、これがその典型例です。私はこの時、中学時代に頑張ってひとこと話したらバレー部の人達が「くまって、しゃべれるんだー」とバカにしたことを思い出しました。私は「結局、大学に来ても、皆が私の話し方のことを話題にしているのか。もう、私の人生に救いはない」と思いました。

また、四六時中構音障害を気にしていることからくる私の不自然な言動を見て、同級生は、いつも「朱野さんって変！　何がどう変かわからないけど、何か変！」と言います。

私はこの時も、中学の時バレー部の生徒がいつも「くまって変！　どこがどう変なのかわからないけど、何か変！」と全く同じことを言っていたことを思い出しました。「変」と言われると、本人はとても傷つきます。人には言いたくない、言ってもわかってもらえない障害や病気を抱えた人間が変人扱いされたり、あるいは「何の悩みや苦労もない」などと言われたら、とても辛く悔しいのです。

また、同級生から「もっと言いたいことを言わなければダメだ！」と怒られたこともあり、同い年や年下の人にも子供扱いされ、ダメな人と見られ、対等な立場になれません。

大学時代も、私は同級生達と日常会話、雑談さえできませんでした。例えば、何人かの学生が食べ物の話を一言二言かわす時、「今日の朝、ヨーグルト食べたよ」とある学生が言い、別の学生が「僕はチチヤス（ヨーグルト名）が好きだよ」と言い、先程の学生が「あ、私もチチヤス好き！」と明るく言います。私も心の中で「私もチチヤスが好き」と思うのですが、「チ」の発音を子供の頃笑われたので、黙って微笑んで二人の話を聞いているしかありませんでした。私が「チチヤス」と言えば、人には「キキヤス」と聞こえるからです。このような挨拶代わりの雑談さえできない私は、「無口で暗い人」と思われ、そのうち誰も話しかけなくなります。

大学に来ても、話せない私の生活も周りの人達の態度も、何も変わりませんでした。いつも、同じことの繰り返しです。

様々な手段

それでも、話せないことや精神的な苦しみは自分で何とかするしかないので、話すこと以外で自分の気持ちや存在を表現することにしました。なかなか小説が書けなかったので、絵と短歌を創作することにしました。

　絵と短歌なら、自分の内面だけを表現すれば良いと思ったからです。短歌の通信講座で添削指導を受け、カルチャースクールで水彩画を習うことにしました。短歌は家で一人で創り、絵画教室は先生一人と生徒三〜四人で、教室で絵を描き、飲み会もカラオケもありませんでした。

　絵画教室は、毎週教室で組まれたモチーフを描きました。教室では先生の指導通り描きました。私は家でも絵を描き、先生に見せました。話せない苦しみを吐き出した暗い絵でした。先生はその絵を見て、

「この絵には救いがない。どんなに暗い絵でも、一ヶ所は救いがなければならない」

と言いました。私は、絵というのは心を描くものだと思っていたので、この言葉は意外でした。

　またこの先生は、教室で絵を指導する時は、

「ここはこうやって塗ります。人とのコミュニケーションのとり方も同じですよ。わかりますか？」

　と、コミュニケーションのとり方の指導をするのです。私はこの先生に絵以外の話はい

っさいしていなかったので、「私って、見るからに人とコミュニケーションがとれないように見えるのか。きっと皆にそう思われているんだろうな」と恥ずかしくなりました。

大学二年も終わる頃、まず自分が話せるようになるには、とにかく口を動かして声を出す練習をしなければならない、と思いました。内容はいっさい考えず、まず機械的に声を出す訓練から始めることにしました。これは結局、小学校の時に通った「ことばの教室」と同じ理論になるのですが、当時は効果があるようには思えなかったものの、試みるしかありません。『声がよくなる本』などの話し方のハウ・ツー本も読みましたが、家で一人で声を出す練習はなかなかやる気にもならなかったので、強制的に声を出すために、アルバイトをすることにしました。書店のレジのアルバイトで、「いらっしゃいませ」「○○円でございます」という言葉を機械的に発していると、口を動かすことにより顔の筋肉もほぐれていき、気持ちも少し楽になりました。

大学三年の夏、自分と同じように辛い人の助けになれないだろうか、と思い、ボランティアのサークルの説明を聞きにいきました。しかし、ボランティアをやる学生達と話さなければならないので、入りませんでした。東京都で夏の一ヶ月間だけ行っている体験ボランティアがあり、膨大な数のボランティアの中に、話す必要のなさそうなものを一つだけ見つけました。知的障害をもつ子供達が遊ぶための布のおもちゃを作るボランティアです。

ほかのボランティアは、「子供と遊ぶ」「障害者と出かける」というような、コミュニケーションが必要なものばかりでした。私の予想通り、この「布のおもちゃ作り」は、公民館の一室で黙々と布のおもちゃを作るもので、飲み会もカラオケもありませんでした。作ったおもちゃは褒められ、知的障害のある子供達の施設に届けました。子供は私の発音をストレートに笑う可能性が高いので心配でしたが、その施設の子供達には笑われなかったので、ホッとしました。

緑の木の葉

大学時代は、高校時代に引き続き、文学作品をたくさん読みました。高校生の時ドストエフスキーの長編は全部読めなかったので、大学三年生の時に読みました。その中で心に残ったのが、『カラマーゾフの兄弟』のイワン・カラマーゾフが「世の中に虐待されている子供が一人でもいる限り、オレは天国への切符を神にお返しする」といった意味の言葉を話す場面です。私は「この世に言語障害で苦しんでいる人が一人でもいる限り、頑張って生きていこう」と思いました。『カラマーゾフの兄弟』では、「少年たち」という章があり、子供のいじめが描かれています。

次に読んだ『悪霊』では、キリーロフが「冬の日に眼をつぶると、夏の日に緑の木の葉の葉脈が陽の光に透けて輝いているのを想像する」というようなことを話す場面が気に入りました。私は「十九世紀のロシアも今も、自然は変わらない。自然を見て感動する人の心も変わらない。自然というのは、人間の悪意とは関係なく存在する。自然は人間の悪意、ずるさがないから、本当に素晴らしい。今も昔も、国も人種も関係なく、美しい自然も、自然を美しいと感じる人間の心も一つなのに、なぜいじめや争い、差別はなくならないのか」と思いました。

苦しみの日々

学生時代は学生という身分があるので、社会的に肩身の狭い思いはありません。文学部の学生が家や図書館に籠もって本を読んでいても、傍から見れば、「この人は本が好きで、サークルのような集団は苦手なんだな」と思われるだけです。本人の苦しみは誰にもわかってもらえません。私は下宿に一人でいると、夜、突然涙が出てきて止まらなくなることがよくありました。東京に来ても体調は良くならず、体中がしびれ、常にイライラしていました。体の内側がビシビシとしびれ、寝たきりの日もよくありました。

大学では、「朱野さんの話し方は硬い」と指摘される一方で、私の雰囲気までも「朱野さんがどんな辛い目に遭ったか知らないけど、世の中、誰だって辛いんだから」とか「皆、人といる時は苦しみを隠して明るく振る舞っているんだ！」と怒られたりしました。しかし、人間はあまりに辛いと、人と一緒にいても苦しみを隠せないし、明るく振る舞えません。特に、構音障害のトラウマがあると、人と話すこと、人前で声を発すること自体が苦しみです。人と会うと苦しみが顔に現れるので、普通の人の「人と会っておしゃべりしてストレスを発散する、人と会って楽しく過ごして嫌なことを忘れる」という感覚とは正反対なのです。

私は外国文学科なので、夏に一ヶ月、短期の語学留学をしました。しかし、日本語さえ思うように話せない私は、空港に着いたとたん、後悔しました。留学先で一回目の授業から先生に発音を何度も指摘され、「早く日本に帰りたい」とひたすら思っていました。この語学留学で、とても海外では生活どころか旅行もできないと思い、その後一度も海外旅行は行かず、卒業旅行も行きませんでした。常に体調が悪いので、国内の日帰り旅行でさえほとんど行ったことがありません。たまに国内旅行に行っても、旅先でぐったり寝込んでいました。

私は大学でも本を読むことが心の支えでしたが、ロシア文学が好きと言うと、周りの人達に大笑いされたり、「重たいものを読んで」とけなされたりしました。

ある時、同級生が数人で「知人が料理屋をやっているから、一緒に行こう」と誘ってくれました。店に行くと、同級生の知人が「うちにはカラオケルームがあるから食事した後、好きなだけ歌って」と言い、皆は楽しそうに歌っていました。しかし、私は構音障害のトラウマでどうしても歌うことができず、「遊びさえ普通にできない自分はダメな人間だ」と罪悪感を感じました。皆は「歌えばストレス発散になるのに、楽しいのに」と言いますし、「カラオケが苦手」と相談すれば、「練習すれば歌えるようになるよ」「適当に歌えばいいよ」と簡単なアドバイスでした。

「言語障害のトラウマで……」と説明しても、わかってもらえません。子供の時から、学校でも様々な行事で歌わなければならないことが多く、「歌うことが万人にとって楽しい」という考えが日本に蔓延しているように感じます。カラオケがブームになった時私は、「日本社会は、言語障害者のことなどいっさい考慮していない」と悔しくなりました。性格の問題ではなく、言語障害のため歌えない人もいるのです。

学生相談室

大学二年の秋、大学で行われた健康診断を受診しました。医師の前に座ったとたん、涙が出てきました。数分の診察の間、私はずっと泣いていましたが、医師はそっけなく「君は親に学費を出してもらっているだろう」と言いました。このように、経済的な問題を持ち出して、私を非難して、私の障害や病気の苦しみを認めない人はたくさんいます。特に自分より健康な人に言われると、悔しくてたまりません。この健康診断では、医師の発言にイライラしただけで、何の解決にもなりませんでした。

その数ヶ月後、二十一歳の時、私はあまりに精神的に辛くなり、「このままでは、頭がおかしくなってしまう」と思いました。そこで大学の学生相談室へ行ったのですが、部屋に入ったとたん泣き出し、涙が止まらなくなりました。私は二週間に一度、五十分間、カウンセリングを受けることになりました。これは学生対象の無料のカウンセリングで、私は自分の精神状態と体調を考慮して、行くことを自分で決めました。しかし、周りの人達は、「誰だって悩みはあるんだから」と、私がカウンセリングに通うことさえ気に入らない様子でした。

相談室で、カウンセラーは机に向かい、私の話を黙々とノートに書き留め、私はその横顔に向かって泣きながら話し続けました。たまにカウンセラーは、「それって、どういうことかしら?」と聞くだけでした。私は高校時代からいつもペンケースにカッターナイフを入れて持ち歩き、リストカットも何度かしていましたが、カウンセラーに傷を見せても「あら、確かに傷があるわね」と言うだけでした。

「このカウンセラーは、私の苦しみを全然わかってない」といつも思っていました。

ある時このカウンセラーが、「あなたの気持ちはわかるわ」と言ったので、私は「言葉のことは、経験した人にしかわかりません!」と泣きながら強く言いました。すると、次のカウンセリングでは、「人にはわからない苦しみね」と言い換えるのです。このカウンセラーは、いつも冷たい印象でした。カウンセリングは二年続きましたが、卒業して学籍がなくなると、カウンセリング内容にかかわらずその時点で終了です。私は卒業後もカウンセリングを受けたいと頼んだのですが断られ、別の機関、カウンセラーや医師を紹介してほしいと頼んでも、「あなたはもう大丈夫だと思うわ」という言葉が返ってきただけでした。

私は「こんなので大丈夫なはずがない」と思い、徒労感ばかりが残りました。

将来

大学三年生になり、皆が卒業後の進路を考えている時も、私は「どうすれば人と話せるか、どうすれば精神的苦しみがなくなるか」ということばかり考えていました。こんな状態では、とても就職は無理、就職活動さえ無理だと思いました。

文学部の人は、教職に就く人が多いのですが、私は子供の時から「教師には絶対になれない、なりたくもない」と思っていました。

小・中学校の九年間、構音障害をストレートに笑われたので、子供は大嫌いでした。私が教師になれば、国語だろうと算数だろうと、生徒は私の発音を大笑いするでしょう。国語の朗読や英語など、指導する教師の発音や話し方が変では、保護者からもクレームが出るかもしれません。こんな心配のため、保育士、教師など、子供と接する仕事は絶対嫌だなと思いました。図書館司書も、図書館に来る子供達に本や紙芝居を読み聞かせる仕事があるかもしれません。

動物は私の言語障害を笑ったりからかったりしませんし、言語障害を気にしているためおどおどしたり、普通に振る舞えないことを笑ったりバカにしたりは絶対にしません。ですから、私は子供の時から動物は大好きでした。私はその後の創作で、動物や鳥を作品のモチーフにしました。

私は卒業後、子供時代を送った地元に帰るのがどうしても嫌だったので、就職が無理なら、大学院に行くしかないと思いました。話せない私は、語学の講師にはなれないでしょうから、黙々と翻訳をやろうと思いました。

私は新しい勉強を一から始めるエネルギーはないので、学部と同じ外国文学の修士課程を受験しました。しかし、構音障害のため日本語も外国語も話せない私が大学院に進んだら、さらにストレスが強まるだろうという不安もありました。語学の勉強自体がストレスであり、黙読のみの勉強法も効率が悪く、ストレスからさらに体調は悪化し、試験数日前から食べることもできなくなってしまいました。当然不合格でした。

ある本との出合い

大学四年生の終わり頃、書店で『成人のコミュニケーション障害』（笹沼澄子・監修、伊藤元信・編、大修館書店）という本を見つけました。そこに「構音障害」の名称と説明があり、初めて「私は構音障害という言語障害だったんだ」と知りました。そして、先天性の構音障害の女性が、「子供の頃話し方がおかしいためいじめられ、大人になっても話さないようにしていた」というくだりがありました。研究者の「精神的苦痛は計り知れない」という言葉も書かれていました。まさに私と同じ精神状態であり、私はやっと自分のこの得体の知れない苦しみ、心の中に常に存在している黒い塊のようなものは何なのかがわかりました。

「私が悪いのではなく、私がおかしいのでもない。私の考え方や感じ方に問題があるのでもない。構音障害の人は、皆私と同じような気持ちになるのか。誰だって、構音障害のため私のような目に遭ったら、人と話せなくなって、精神的に辛くなるのは当然なんだ」と思いました。私はこの本により、自分の苦しみが正当化された気がしました。それまでも、「アダルト・チルドレン」関連の本や人生相談の本などいろいろ読みあさりましたが、この言語障害関連の本がまさに私の疑問を晴らしてくれたのです。「やはり、〝言葉のことが辛い、辛い！〟と思っていたことが正しかった。私の苦しみの根本は言語障害だった」と明らかになったのです。

大学時代、構音障害のことをストレートに詠んだ歌が二首あります。

言葉への不信とともに迫りくる
二十二年の存在の不安

私は子供の時からいつも人に「存在感がない」と言われてきました。話さないと、存在すら認めてもらえません。私の二十二年は、いったい何だったのだろう、という気持ちでした。

キイキイと鳴く鳥の音に安らぎを
感じるほどの孤独は何か

これこそ、構音障害の苦しみを詠んだ歌です。「キイキイ」という鳥の鳴き声は、私の発音が構音障害のため「チ↓キ」と他人に聞こえる、また「イキシチニ……」の段が言いづらい、という私の話し方そのものです。話し方や声に劣等感があると、美しい声や流暢な話し方を聞くと自分が惨めになります。自分と同じように醜い話し方を聞くと、共感し、安心します。人と話せないと、仲間もできず、いつも一人でいるしかないので、あの鳥も私と同じように孤独にちがいない、それにしても、これほどまでの私の孤独はいったい何なのだろう——という気持ちでした。

大学を卒業し、進路も決まらないまま、私は地元に帰るしかありませんでした。東京に出てきても、最後まで構音障害に苦しみ続ける日々でした。しかし、大学時代は高校までとは違うことが一つありました。絵と短歌という、話すことに代わる自己表現の手段を見つけたことです。

最後の故郷

地元へ戻った私は、パソコンを習ったり、就職活動をしたりしました。地元の人達と飲みに行ったり、カラオケに付き合ったりもしました。しかし、相変わらずカラオケは苦痛でしたし、飲み会でも私は話し方を気にしてほとんど話さないどころかメニューさえ頼めず、周りの人達も私には「何が食べたい？」と聞きもせず、自分達の食べたいものをどんどん頼んでいく、という状態でした。私はいつも皆に従っているしかありませんでした。

この時創った短歌です。

永遠に檜になれぬ樹の如く
　夢の深みに立ち尽くすのみ

十歳の時に共感したテレビの『あすなろ物語』の中の言葉、十五歳で原作を読み、二十三歳で短歌として完結しました。

「永遠に檜になれぬ」というのは、「永遠に構音障害が治らない」ということです。六歳から十歳まで四年間「ことばの教室」に通っても治らず、十五歳でもまだ、ひとこと発するだけで笑い者にされ、その後も病院や健康診断、カウンセリングでもまともに取り合ってもらえず、苦しみも理解されなかった。構音障害は一生治らない、治らない限り、私は一生バカにされ続ける。頑張って大学に合格し、上京しても、結局、構音障害のため私はいつも惨めなまま、孤独なまま、為す術もなく立ち尽くすしかない。あすなろの樹は、まさに私自身の姿でした。

地元では中学時代の同級生が店のレジなどをやっていて、偶然顔を合わせることが何度かありました。私に気づくと、「くま」とは言わず、「あ、朱野さん……」と黙ってうつむいて、顔も上げません。当然私は無視して、その店には二度と行きません。

私は地元を一年で逃げ出して再度上京することにし、東京の美術学校の入学手続きをしました。今度東京に行ったら、もう一生絶対に地元では暮らさない、と心に決めました。

その数年後、「故郷」をテーマに一首だけ短歌を創りました。

今もなお悔しさだけが渦まいて
　ふるさとなんて私はいらない

私にとって「ふるさと」は「地獄」でした。

第六章　果てしなく続く冬

原点

上京し、私は昼はアルバイトをしながら、夜間の美術学校に二年間通いました。

家でも絵を描き、コンクールに出品しました。二十四歳の時、『欠けているモノたち』というタイトルの、壊れた時計と割れたグラスの絵を描きました。私は先天性の構音障害で、生まれながらに欠陥のある人間だと思っていたので、欠けているモチーフを描いたのです。

美術学校では、一年目は、基礎を習うためと思い、明るめの色で描き、先生達には評価されました。学内の展示会では賞をもらい、自画像を褒められました。

私としては一年目の絵は、人目を気にし、自分に自信もなかったため、何か曖昧な、すっきりしない表情と雰囲気の絵でした。

しかし、二年生になる時、これからは自分の心のままに、描きたいように描くぞ、と決め、私のテーマである構音障害の苦しみを全面に押し出して描きました。当然、暗い色調と雰囲気になりました。すると、学校での評価はガタ落ちしました。

先生達は、「どんなに暗い絵でも一ヶ所は抜けるところがなければならない」と言いました。私は「百パーセント暗い絵を描きたいんです」と言い張り、暗い雰囲気で描き続けました。また、怒りを描くので、絵は強く荒々しくなりますが、ある先生は「これは男性的だ。男の描く絵だ」と言いました。

私は美術学校なのに、「暗い絵は良くない」「男の描く絵」と枠にはめて言われ、自由がないように感じました。

その当時も、私は知人にプレゼントする絵やペットの絵はとても明るい色と雰囲気で描いていました。学校で描く絵は、自分の心を描く作品として描いていたのです。

ある先生に、「自由課題の絵の主旨を見せて」と言われたので、主旨を書いた紙を提出すると、先生はその場で読み、大声で「キャハハ！　暗〜い！」と笑っただけでした。

結局二年目は、何の賞ももらえず評価もされず卒業しました。

二十五歳の時、知人とグループ展をやり、『声』という作品を出品しました。片手で頭を抱えている自画像です。それまでの精神的苦しみを描ききり、自分ではとても満足している作品です。私はこの頃から、自画像をたくさん描きました。

構音障害のため、話すことがためらわれて、自分を表現できず、いつも気弱に振る舞っていました。本当の自分は積極的で勝ち気だと、自画像で表現するしかありませんでした。この『声』という作品を見れば、周りの人達は私の苦しみや辛い経験をしたということを認め、接し方も変わるのではないかと期待しました。しかし、グループ展に絵を出品したからといって、その後の日常生活は何も変わりませんでした。絵の先生達は、「こういうのって、画学生がよく描くから」とか「こういうことやると未熟さがミエミエ」とか「ロシア文学が好き？　ドストエフスキーですかね～」というコメントでした。絵を見に来た知人達は、ノーコメントだったり、「モデルは誰なんですか？」と聞いたり、「朱野さんは透明水彩で静物画を描いていると思ってました。驚きました」と言いました。グループ展を経ても、私の苦しみを気にかけ向き合ってくれる人はいませんでした。皆、素知らぬふりでした。

美術学校の卒業後に、私はある画廊の事務職の面接を受けました。面接官が履歴書を見て「あなたは絵を描くのなら、絵の写真を持ってきてください」と言いました。面接の最初に、その面接官はガリガリに痩せた私を見て、「あなたはそんなに痩せて、病気ではないのですか？」と聞きました。そして、「うちの画廊に飾られている絵を、どう思います

か？」と聞くので、私は「とてもきれいで、素敵な絵です」と褒めました。面接官は私の絵の写真を見て、

「あなたの絵は暗いから、明るい絵を描きなさい」

と言いました。私は画廊の絵の販売の事務員の仕事をして、生活費や絵の制作費を稼ごうと思っていました。この画廊に自分の絵の売り込みに来たわけではないので、

「私は売るために絵を描いているのではありません」

と言いました。

それでもなお、その面接官は、

「暗い絵を描く人は自殺しちゃう人が多いらしいよ。明るい絵を描きなさい」

と言い張りました。

私は自分の絵の中で暗い自画像などは避け、比較的明るめの絵の写真を持っていきました。その中で唯一暗いのは『欠けているモノたち』だけでした。

面接官は最後に、

「私は昔、歌を褒められて舞い上がって歌手を目指したけど、今は他人の絵を売ることに喜びを感じているわ」

とニコニコしながら言うので、「そんなに歌が上手な人に、言語障害の苦しみを吐き出

すために描いた絵を否定されたくない」と思い、あまりの悔しさにその場で泣き出しました。当然、数日後に不採用通知が届きました。

その二十四歳頃に創った短歌です。

人混みへ飛び込んでゆく鳥ならば
　軌道を変える術を知らない

私は鳥のモチーフが好きです。この「人混みへ飛び込んでゆく鳥」は、「構音障害を抱えながらも何とか生きていこうと突き進んでいく自分」です。しかし、構音障害が足枷となり、うまく飛べず、やること為すこと失敗し、自分でも「間違った方向に進んでいるのではないか、このまま進めば私は破滅するのではないか」という気もしていました。しかし、構音障害がある以上、自分でもどうすることもできない、ただただ前へ進むしかない、軌道修正はできないのです。

その後、二十六歳の時、知人とグループ展を行い、『原点』というタイトルの、高速道路の下を歩いている赤いライオンの絵を描きました。

原点――、人生のスタートラインから構音障害のためいじめられバカにされてきたことに対する怒り、それが私の原点であり、生きる原動力です。いつもおどおどして人に従っているしかない私ですが、本当はライオンのように堂々と生きたいのです。六歳の時から怒りを内に溜め込んでいるので、私自身であるライオンを全身赤で塗りました。都会の高速道路の一本道を一人で前へ歩いていくしかない、脇道もなく、軌道修正もできないのです。もともと赤は私の大好きな色です。大学までは語学の授業は必須でしたが、卒業して語学とは関わることがなくなりました。美術学校に通うことによって「自分は話せなくても、絵があるんだ」と思い、自分に少し自信を持ち始めました。この頃から、好きな色で絵を描いたり、好きな色の服を着られるようになってきました。

また、このグループ展でもう一枚、『果てしなく続く冬』というタイトルで、グレー調の自画像を描きました。人目を気にしてのいつもの貼りついたような微笑みではなく、凍りついた表情で心底冷え切った内面を表しました。

このように、孤独や苦しみを描いても、それが構音障害の苦しみだとは、誰にもわかってもらえません。したがって、絵や短歌では、本当に自分の訴えたいことが誰にも伝わりませんでした。私は絵の先生や審査員に何を言われても、「どうせ、この人達は構音障害を経験していないのだから、わかりっこない」と思い、二十八歳からは、絵や短歌を誰かに習うことをいっさいやめ、自分の描きたいように描くことにしました。

就職

私は創作をしながら、アルバイトや正社員で働きました。しかし、構音障害のトラウマで常に体調が悪く、人並みに働くのは大変です。話すのが苦手な私ができるのは事務しかないと思い、いつも事務系の仕事をしていました。しかし、仕事の連絡や電話の応対、接客など、話すことは必要です。休憩時間など、社内の人とコミュニケーションをとらなければなりません。仕事中の電話は相手だけでなく職場の人達にも聞こえるので、「皆に、話し方が変だと思われているにちがいない」と思って、恥ずかしくなります。仕事の電話でも、留守電に伝言は入れたくありません。自分の変な話し方の証拠など、残したくないからです。学生時代なら、飲み会やカラオケは断れますが、就職すると、そうはいきません。

アルバイトでも、歓送迎会、新年会、忘年会などは出席しなければなりません。特に自分の歓迎会は自分が主役なので、出席どころか皆の前で挨拶しなければなりません。お酒が入ると、皆、気がゆるみ冗談を言いやすくなるので、構音障害がからかわれる可能性は高くなります。

仕事の後に飲み会があると思うと、日中の仕事も集中できませんでした。飲み会の次の日は、「皆、私の話し方や歌が変だって気づいただろうな」と思い、職場の人と話すのも萎縮してしまいます。かといって欠席すると、社員同士が仲良くなっていく中で、自分だけ職場になじめず取り残されたように感じます。職場の人達が嫌いで飲み会を断っているわけではないのに、またいろいろ誤解をされると思うと、悲しくなるのでした。

また、構音障害のためとはいえ、無口で動作がのろいと、パワハラや職場でのいじめのターゲットになりやすいと思います。私は職場でいじめられ、泣きながら仕事をしていたこともあります。何社か事務の仕事をしましたが、子供時代から眼の調子も悪く、パソコンも長時間見ることができず、体力もないので、その後は、事務職以外の仕事を探しました。美術館の監視員の仕事を見つけ、これなら何も話さず、美術館の片隅のイスに座っているだけでよいだろうと思いました。しかし、実際は、美術展を見に来た客を案内したり、マナーの悪い客を注意したりする接客の仕事でした。また、いつも無線を持たされ、監視員同士は無線で連絡のやり取りをします。子供の頃「りょ」という発音ができず、「よ」となってしまっていた私は、「了解《りょうかい》です」と言う時も、無線で監視員全員に「ようかいです」と聞こえているのではないかと、気になりました。無線を使うのは、電話と同じくらい苦手でした。

　このように、構音障害のトラウマを抱えていると、普通の人が考えもしないようなことを常に気にしていることになります。そのストレスで、私はいつも体調を崩し、働くことができなくなって退職する、という繰り返しでした。

医師の見解

　二十代後半で仕事を辞めた時は、極度のストレスで体重は三十キロ台になっていました。これでは、「働きたい」と思っても、体力がありません。総合病院の内科を受診すると、一通り検査した後、「検査してもどこも異常がないから、心療内科に行きなさい」と言われました。医師によっては、「失業のストレスでしょ」と数分の診察で済まされてしまうこともあり、自力で何軒か病院を探しました。二十七歳頃から五年ほど通院し、精神科医三人、カウンセラー五人に診察とカウンセリングを受けました。

　最初の医師は、「抑うつ状態」と診断し、「薬を飲んで体を休めれば良くなるでしょう」と言って、抗うつ剤を処方しました。

確かに薬を飲んで体を休めれば、一時的に少しは体調が良くなりますが、また働き始めると、人と話さなければならないのと、周りの人達の態度により、すぐに体調を崩し働けなくなります。

次の医師も、「薬を飲んで、休養しながら散歩をしたりして、生活を整えていきましょう」と言いました。これでは、また次の会社で体調を崩して働けなくなる、という繰り返しです。この医師に、私は構音障害のトラウマがあることを説明し、「カラオケで歌う時も、辛いけど頑張って歌うようにしています」と言いました。

すると医師は、「では朱野さんは、カラオケを歌う時も〝トラウマの克服、トラウマの克服〟と思って歌うんですか～？」と、茶化したようにマイクを持って歌うマネをしました。私は深刻に悩んでいるのです。

この医師に思い切って、「私の話し方って変ですか？」と聞いてみると、「正直言って少し変ですが、日常生活に支障をきたすほどではありません」と答えました。私は、「ああ、やっぱり変なのか」と落ち込みました。働けないのだから、日常生活に支障をきたし過ぎています。

またこの医師は、「朱野さんは人前で話すことが辛いのなら、人と話していない時は辛くないのですね」と言います。私は一人でいる時も、「構音障害でなかったら、社会に出ていけて、充実した人生を送れるのに」と思い、辛くなります。

医師の診察だけでなく、カウンセリングも受けました。最初のカウンセラーは、私の話をひたすらノートに書き留め、たまにコメントしました。

私が「六歳の時から、人に笑われた発音は省いたり、言える言葉に置き換えたりして話しています」と言うと、カウンセラーは「えっ、そんなことしているの？　それって、ものすごいストレスじゃない？」と驚きました。

私のほうでも、「えっ、このカウンセラーって、そんなことも知らずにカウンセリングを行っていたのか？　言語障害関連の本には、何年も前から書かれていることなのに！」と驚き、さらに、「私は約二十年間こうやって話すのが当たり前だったけど、普通の人って言葉を省いたり置き換えたりしないで話しているのか？」と二重に驚きました。

また、子供の頃の話をして、「〝くま〟って呼ばれて嫌だった」と言うと、カウンセラーは「あら、くまちゃんって、ぬいぐるみに多くてカワイイじゃない」と軽く答えるのでした。私は「何年ここに通えば良くなるでしょうか？」と聞くと、カウンセラーは「三年くらいかかるでしょう」と答えました。しかし、私のトラウマが消えるまで、この時から約十年かかりました。

次のカウンセラーは、私の中学の時の話を、「キャンディ・キャンディ事件ね」とあっさり言うので、私は「これはコメディではないし、〝キャンディ〟だけを笑われたのではない」と嫌な気持ちになりました。また、カウンセリングの始めに心理テストを受け、「もし生まれ変わるとしたら、何歳になりたいですか?」という質問に、私は「もう生まれ変わりたくない」と書きました。それまでの人生は常に辛かったので「あの頃は幸せだった」という時がなく、「何歳の時に戻りたい」という気持ちは全くなかったのです。「こんなに人生って辛いものなら、もう今の人生だけで十分だ。生まれ変わって人生やり直したいとも思わない」という心境でした。

そのようなテストの結果を見ても、医師やカウンセラーは、深刻には考えていないようでした。二十代後半に私は精神病院に四ヶ月入院しましたが、入院している時は看護師にいじめられました。当然見知らぬ看護師が病室に入ってきて、「私、いじわるで来たの!」と言い笑っているのでした。

三十代になり、今までとは違う治療法の病院に通うことにしました。この病院の精神科医は「結婚・仕事・仲間、このうちのどれか一つがうまくいけば幸せになりますよ」と言いました。しかし、構音障害のトラウマがあると、人と上手にコミュニケーションがとれないので、この三つのすべてがうまくいきません。

私が「子供の頃いじめられて辛かった」と言うと、医師は「子供は残酷です」のひとことで済ませます。しかし、世の中には残酷ではない子供も存在します。ただ、残酷な子供にいじめられ人生を棒に振っていることが多いのです。

私が「大人の社会だって、いじめはあります」と言うと、医師は「大人の社会に、いじめはありません」と言います。

「パワハラがあるではないですか。パワハラはいじめです」

「パワハラはいじめとは別物です。いじめは子供の社会だけのもので、大人の社会に、いじめはありません」

私は、この医師に、大学四年生の時に読んだ本『成人のコミュニケーション障害』を見せ、「ここに私の苦しみが説明されているから、読んでください」と頼みました。しかし、その医師は、ちらっとその本を見ただけで返してきたのでした。

この病院でも、カウンセリングを受けました。患者がノートに今の悩みと気分を書いていき、カウンセラーがコメントする、という形式でした。一回のカウンセリングは、二十分間です。

カウンセラーに私は「子供の時、言語障害のためいじめられて辛かった」と話すと、カウンセラーはすぐに「ヘレン・ケラーさんっていう人がいましてね、その人は目も見えず、口もきけず、耳も聞こえませんでした」と言います。私は「言語障害をからかわれたことが辛かったのです」と言うと、カウンセラーは「ヘレン・ケラーだって、からかわれたかもしれませんよ」と言います。私は「そんなのヘレン・ケラーに聞かなければわからない」と思い、この話はやめました。

私が「ことばの教室に通っていた子がいたでしょう」と言うと、カウンセラーは「ほかにもその教室に通っていた子がいたでしょう」と言います。私は「マンツーマンなので、ほかの子は会ったことも見たこともありません。そもそも、ほかの子は関係ないです」と言いました。

次に私が「〝くま〟って呼ばれて辛かった」と言うと、カウンセラーは「私は〝お馬さん〟でした。友達は〝お猿さん〟でした」と楽しそうに答えます。

「いじめられて辛かった」と言うと、カウンセラーは「ほかにもいじめられている子がいれば、あなたは辛くなかったでしょう」すかさず私は言い返しました。

「ほかの子がいじめられていようがいまいが、私は自分がいじめられていたのが辛かったのです。ほかの子が殴られていようがいまいが、自分が殴られたら痛いし辛いし悔しいです」

このように、この病院のカウンセラー達は、自分が私と同じ苦しみを経験してもいないのに、すぐに「世の中には、もっと辛い人がいますよ」という比較論を持ち出すのでした。

私の苦しみもヘレン・ケラーの苦しみも経験していないカウンセラーが、その二者の苦しみを比較してみせても、何の説得力もありません。

私が心療内科に通って感じたことは、「そもそも精神科医やカウンセラーが構音障害の精神状態をわかっていない。言葉の置き換えなど、一から説明しなければならないので、治療以前の問題だ」ということです。

受診した精神科医もカウンセラーも、私が少し気持ちを話しただけで、「えっ、そんなこと考えているのですか?」と驚きます。私がすべて説明するのは時間も労力も費用もかかります。その上、いくら説明してもわかってもらえません。

どの心療内科も、基本は「患者の考え方に問題があるから、受け止め方を変えましょう」というものでした。しかし私の考えは、「患者の心の問題ではなく、社会の風潮に問題がある。周りの人達の考え方、社会の意識を変えることが必要」というものです。私の考えと、精神科医やカウンセラーの主張は正反対です。

構音障害の人がプラス思考に変えたり、休養をとるだけでは、状況は改善されません。これは構音障害の人の努力だけで克服する問題ではないからです。努力だけでは限界があります。努力だけではなかなか克服できず、そのことにより構音障害の人はさらに劣等感が強まります。周りの人達が意識を変え、構音障害の人をバカにせず人として対等に扱う。

軽く扱わないでちゃんと向き合ってほしいのです。私は三十代前半で、心療内科に通うことをいっさいやめました。精神科医やカウンセラーは、自分が構音障害を経験していないので、構音障害の苦しみを全くわかっていないからです。

片隅で

私が二十代の頃は、同じ年代の女性達は、キャリアウーマンとして海外勤務や語学の仕事で活躍している人がたくさんいました。でも私は家に籠もって、構音障害の苦しみや悔しさを絵や短歌で吐き出すしかありませんでした。周りの人達には、好きなことをやっているように思われていました。また、「外に出て働け」とか、「親の金で生活していいね」という類の嫌味をよく言われました。転職を繰り返したり療養生活を送ったりしていると、「生きるのが不器用な人、社会不適応」と見られてしまいます。たまに知人と会っても、同じ年頃の人達の仕事や結婚の話を聞き、何もできない自分が惨めになり、さらに劣等感は強まります。

知人に構音障害のことを話せば、「では、口ごもって、ぼそぼそ話すんですか?」とわざと口ごもって話すマネをされます。このように、心配よりも興味本位で聞く人もいました。

また、「朱野さんの話し方はおかしい」とか「朱野さんは口ごもって話している」と言われ、私が「これって、言語障害だから」と答えると、きょとんとして首をかしげている人達もいました。また、私の辛い経験を知っていても、「あなたの話し方って、独特だよね」と言う人もいました。

「子供の時いじめられて辛かった」と言っても、「いじめが悪い」という立場の人は一人もいませんでした。

二十代半ばから三十歳ぐらいまで、私は日常生活も困難なほど、心も体もボロボロでした。リストカットをしたこともあり、寝ているだけでも吐き気がしていました。外出しようとしても、化粧をし始めると、吐き気が止まらなくなり、動悸がして、冷や汗も出てきて、外出を中止してばかりいました。起き上がって絵を描くことも困難でした。何とか数枚、油絵やアクリル画を描き、スケッチブックにボールペンでイラストを描きました。ほとんどが、暗い顔の自画像です。

『果てしなく続く冬』という以前と同じタイトルで、冬の枯れ木並木と地面に裸足で座り込んでいる全身の自画像を描きました。黒・グレーのモノトーンに青や緑を混ぜた濁った色ばかりでした。
『残酷な日々』というタイトルで、暗い部屋の子供の自分と今の自分を描きました。この絵は下描きだけ描いて、もう絵の具も塗れないような健康状態だったので、未完のままです。当時の絵は、子供時代の自分が頻繁に描かれています。
また、短歌は体力が必要ないので、絵よりも創りやすく、何首か創りました。

地を這って生きていけると気がつけば
　飛べない鳥は飛ぶこともない

話すことが苦手でも、絵や短歌を創って、私は私なりに生きていこう、と思いました。

なにげなく願いを込めて見上げても
　空の青さにむかつくばかり

私は昔から雨が好きでした。私の心の苦しみを、雨が体現してくれているように感じました。曇り空も、私のどんよりした重苦しい気持ちに通じました。しかし、雲一つない真っ青な空というのは、私の心とはあまりに対照的なので、「私の心はこんなに辛いのに」とかえって息苦しくなりました。私にとっては、雨の日が心地良かったのです。

溺れながら水面を見上げる夢さえも
　現実よりは安らぎがある

私は六歳の時から、安らぎを感じたことはありませんでした。二十代半ばの手帳に、当時の心境が書かれています。「生きている限り、精神的な安らぎはないものと思われる」前述の短歌の「溺れながら水面を見上げる夢」が、なぜ「安らぎがある」かというと、「このまま溺れて、やっと死ねて楽になれるんだ」と、夢の中で思ったからです。

荒川の黒々とした水面には
　見下ろす我の影も映らず

私は二十代後半で「生きているのが辛いから川に飛び込もうか」と思って、何度か川辺まで行きました。しかし私が自殺すれば、私をバカにしていた人達は皆、〝やっぱりあの人変だったからね。昔から普通じゃなかったよね〃と言うでしょうし、周りの人達も〝あの人って芸術家肌で暗い絵や短歌を創っていたよね。芸術家肌の人って、感性がナイーブだから、自殺することもあるよね〃と言うでしょう。結局、私が自殺しても、〝構音障害の苦しみで自殺した、子供の頃いじめられて辛い経験をしたから自殺した〃と言って、わかってくれる人はいないでしょう。

私は「自殺した後も変人扱いされるのはしゃくに障る。だから生きて、構音障害といじめの苦しみを証明してみせるぞ」と思い、飛び込むのをやめたのです。

壁を這う朝陽に夕陽今日もまた
　生きる悔しさ込み上げてくる

働けなくなって外に出られないと、壁に朝陽と夕陽が交互に差してくる、毎日その繰り返し、家に籠もっている同じような日々が繰り返されるだけでした。陽の光という明るいモチーフが私の心の暗さを際立たせ、私の苦しみに関係なく陽の光も社会も動いている、自分だけが部屋の片隅にとり残されたように感じ、息苦しくなりました。

この命二十八年生きてきて
惜しくもないと思う毎日

二十八年生きてきても、わかってくれる人もなく、成し遂げたものもない、自分にも自分の命にも価値を感じず、この世にも命にも未練はない、と思いました。

創作を続けていても悔しさは
消化しきれず清算できず

六歳の時からずっと、私のありのままの感情は、どこに行っても認められませんでした。何か失敗するたびに、人からバカにされるたびに、私の心が行き着くところは「構音障害さえなければ」でした。創作しても、周りの人達の態度は変わりませんでした。

構音障害の人に対する周りの人達・社会の態度が変わらなければ、私の悔しさは、消化できず、清算できません。

第七章　社会保険労務士事務所

『原点二〇〇七』

二〇〇七年六月、私は久し振りに絵を描きました。二〇〇二年と同じモチーフとタイトル、赤いライオンと都会の絵『原点』です。ずっと自分の言いたいことが言えなかった私の代わりに、赤いライオンは口を大きく開け、叫んでいます。私は六本木ヒルズのビルが気に入っていたので、ライオンと組み合わせました。私の心は常に苦しみに縛られているので、ビルを赤いヒモで縛りました。

それまで数年間、家族の仕事を手伝いながら、体調を整えていましたが、少し元気になってきたので、外で働くことにしました。

都内の社会保険労務士事務所のアルバイトの募集を見つけました。個人事務所の事務補助で短期・短時間の仕事なので、所長と事務員が一人くらいで、あまり話さなくても良いだろう、と思いました。

面接に行くと、私の経歴について細かいことは聞かれず、その場で採用されました。すぐにアルバイトが始まりました。実際は所長以外に所員が三人いました。一人で黙々と事務作業をして、電話は所員の人達が取ることになっていました。一ヶ月の短期なので歓迎会もなく、所員の人達より早い時間に仕事が終わるので、私は、飲み会も出席せず帰れました。

所長や所員の人達に仕事の説明を受け、私は「わかりました」と答えるだけですが、簡単な受け答えだけでも、「私の話し方や発音が変だと思われているだろうな」と思いました。しかし、所長も所員の人達も私に礼儀正しく接し、黙々と仕事をしています。

所長は毎日、「ひと休みしなよ」とお茶菓子をくれて、私のことをいつも気にかけ、声をかけてくれました。

この一ヶ月のアルバイトは、何事もなく無事に終わりました。最後に所長は言いました。

「君の良いところは、あんまりしゃべらないところだね。ベラベラしゃべるヤツもいるんだよ」

私はこの言葉に驚きました。それまでは無口すぎることを欠点だとされてきましたが、初めて長所だと褒められたのです。

私は「り」や「ち」を言うだけでストレスなので、「こんにちは」「わかりました」と言うだけでも一生懸命でした。ですから、「今回はかなり話せたな。頑張ったな」と思っていました。

しかし所長の言葉で、「普通の人から見ると、これでも無口なのか。やはり私はどこに行っても、褒められるにしろ非難されるにしろ〝話すこと〟に関して言われるのか……」と複雑な気持ちになりました。

「私はしゃべらないのではなく、しゃべれないのです。私が無口なのは、言語障害のためですから」という言葉が頭に浮かびました。しかし、所長は褒めてくれたのだから、わざわざ言うこともないと思い、黙ってうつむきました。

ありのままの自分が認めてもらえたような気がして、嬉しくなりました。

このアルバイトが終了した直後、二〇〇七年の夏、私は絵を描きました。タイトルは『原点二〇〇七』。私は都会の風景が好きで、事務所は西新宿に近かったので、西新宿のビル群と赤いライオンを描きました。私は話せないために、いつも人から見下されてきた。怒りとエネルギーを溜め込んだ赤いライオンは、口を閉じ、黙ってじっと身を伏せ、地を這っています。まさにそれまでの私自身、私のありのままの姿です。

これからどんなに辛くても、這ってでも生きていこう。

この時、絵と対にして短歌も創りました。

差別から生まれるものは限りなく
苦痛の連鎖　怒りの原点

所長は私に仕事を指示するとき、「世の中には、こういう差別があるんだよ」と労働者の差別について話をしたことがありました。そのときも私は黙ってうつむいていました。私にとっての〝差別〟は、「構音障害の人に対するいじめ・偏見」です。この差別から、苦しみが苦しみを、失敗が失敗を、劣等感が劣等感を生み、人生への影響は限りないのです。先天性の言語障害のため、ありのままの自分を否定されることに対する怒り、それが六歳からの私の原点。私は自分の「原点」を決して忘れません。

自尊心

この後、就職活動をしましたが、面接で、私が何度も転職していることや、一つの職場での勤務期間が短いことなどを指摘され、私は構音障害の話をするわけにもいかず、何も答えられず、不採用でした。構音障害の人間は、社会では理解されにくいと思います。

私は知人の画家と結婚して、完全に絵の世界で生きていくことにしました。私は人生を前に進めよう、結婚して幸せになろう、と決意しました。

結婚した少し後に、社労士事務所の所長から電話があり、「また、うちで働きませんか？」と声をかけてくれました。その時は夫の個展があったので断りましたが、さらに数ヶ月後もう一度所長から電話があり、「うちで働きませんか？」と再度声をかけてくれました。

私は経済的な事情から仕事を探さなければ、と思っていたので、すぐに社労士事務所で働き始めました。

社労士事務所の人達は皆、以前と変わらず、礼儀正しく接してくれました。無口だからと、いじめられることがないので、安心して仕事ができました。電話も所員の人達が取り、私は事務仕事なのであまり話す必要がありませんでした。

所長は「苦手なことはさせない」という考えのようでした。

短時間の仕事なので、私は飲み会に出席しなくて済み、気が楽でした。それまでは、どこに行っても、私は黙っているので、ボーッとしているように見られていましたが、この事務所では「頭が良いですね」と褒められました。

数ヶ月働くうちに、所長は、私がとても劣等感が強いことがわかったらしく、私のことを殊の外褒めてくれるようになりました。

ある時、所長が突然私に「君の行った大学は、普通じゃ行けない大学だよ。僕の子供の頃は、クラスで一番や二番の子が行ったよ」と言いました。私は心の中で、「確かに私は子供の頃はクラスで一番だったけど、褒められもせず、話せないために同級生にはバカにされ、先生には『発表しろ、意見を言え』と叱られていたな。普通に話せたら、一番じゃなくても、テストで満点じゃなくても認めてもらえるから、『学歴で身を守ろう』などと考えず、浪人までして必死に受験勉強しないかもしれない。私があの大学に行ったのは、〝普通じゃない＝言語障害〟だからだ」と思いました。しかし所長は褒めてくれているのですから、私は何も言わず、うつむきました。

書類を届けるため街を歩いていると、政治団体の人達が街頭演説をしている姿をよく見かけました。

私は「言語障害者は街頭演説なんてできないということを、この人達は知っているだろうか？　そもそもこの人達は、この社会での言語障害者の存在を認識しているのだろうか？　この人達の言う〝国民〟の中に、構音障害の人は含まれているのだろうか？」と思いながら、手渡されたビラを冷めた目で一読しました。

社会でリーダーになる人、政治家や経営者、教育者などは皆、人前で演説できる人です。スピーチが得意なリーダーには、言語障害のためにいつも人に従うしかない苦しみや悔しさはわからないのではないでしょうか。政治家は、街頭演説のほかに、様々な討論、答弁、演説など、話すことが必須なので、構音障害の人が障害の苦しみや支援を訴えたくても、政治家になるのは難しいのではないでしょうか。

この事務所では、「いじめられないようにしなければ」と気を張らなくて良いので、主婦として家事もやりながら、一日も休まず勤務できました。しかし、このアルバイトはあくまで短期の契約で、結婚生活は経済的に苦しかったので、私は社労士の資格を取ってこれからもずっと働かなければ、と思いました。所長に「私は勉強して社労士試験を受けます」と言うと、資格の学校のことなど教えてくれました。

私は主婦業も事務所の仕事も一生懸命やりましたが、いろいろな事情により離婚することになりました。

言葉の力

離婚したことを所長に報告し、私はいつも通り黙々と仕事をしていました。一週間後、今まで事務所内でしか話をしたことのない所長が、外で話そうと言ってくれました。

平日の午後の、客もまばらな喫茶店で、所長はコーヒーを飲みながら話し始めました。

「私はあなたのお父さんくらいの年齢だから、お父さんの立場で言わせてもらうけど……」

「あなたは社労士試験を受けて、社労士になるって言うけどね……社労士ではなくて……」

〝君は話すのが苦手で営業ができないから、社労士は無理だよ〟と言うにちがいない、やっぱり私は社労士はダメか、と思いました。

「社労士ではなくて、司法試験を受けたらどうですか？　あなたのレベルの人間は、皆、弁護士や裁判官になっているんだよ」

私はこの全く予想外の言葉に驚き、とっさに、

「えっ、司法試験っていったら、トップの資格じゃないですか！」

と、あたふたしながら答えました。すると所長は、

「君の行った大学は、トップクラスじゃないか」

とにっこり笑いました。

私の頭はこの時パニックになりました。

最初に浮かんだのは、「え、私って、普通に話している？　話し方が変ではない？」でした。

私がこの本で最初から強調しているのは、「構音障害というのは、本人は普通に話しているつもりでも、他人には違って聞こえる。したがって、自分の話し方が変かどうかは、他人の判断によるしかない」ということです。

私はそれまで何人かの人に、「私の話し方って変ですか？」と聞くと、「変ではないですよ」と言う人はいました。しかし一方で、「変ですよ」と言う人もいれば、私が何も聞かなくても「朱野さんの話し方はおかしい」と言ってくる人も何人かいました。ですから、相手が「変ではない」と答えても、「この人は優しいから、私が聞いた時に事情を知らなくても私の気持ちを察して、〝変じゃない〟って、言ってくれているんだな」と思ってしまうので、信じられませんでした。また、実際に私の言ったことが相手に通じず、聞き返されることも何度かありました。私の受け答えを聞き、その場にいる人達が顔を見合わせたり笑ったりすることもよくありました。私はずっと、「私の話し方は変で、皆も私の話し方が変だと思っているけれど、言わないだけ」と思っていました。話し方を指摘されるのは何十年も続いていることなので、「どうせ、いつものことだから」と思いながらも、やはり情けないので、自分からは聞かないようにしていました。

私が構音障害のことも、話し方に悩んでいることもいっさい言わずにいて、相手のほうから「あなたの話し方は素晴らしい。きれいな発音ですね」と言われれば、構音障害が治って普通に話せていることになりますが、他人からそういうことを言われたことは一度もありませんでした。言えない発音を省いたり、言葉を置き換えて普通に話しているように装っていてさえ、話し方を褒められたことはなく、私の話し方に関しては、皆ノーコメントか、「話し方に問題がある」と指摘するかのどちらかでした。

私が構音障害や話し方で悩んでいることをいっさい知らない所長が、「君なら弁護士や裁判官になれるよ」と言うのです。所長は二〇〇七年の夏には「君の良いところは、あんまりしゃべらないことだね」と言ったので、私が無口だということは二年前からわかっているわけです。弁護士といえば、言葉で闘う職業なので、普通以上に話すことが得意でないとなれないはずです。ということは、私は普通に話せているのでしょうか。話し方が変ではないのでしょうか。あるいは、多少変でも、私の話し方で、社会でやっていけるというのでしょうか。話す職業に就けるというのでしょうか？

しかし、話し方の問題はクリアしたとしても、私は子供の頃から、「引っ込み思案・消極的・おどおどしている・優柔不断」と言われてきました。いつも言いたいことも言えない、気弱で臆病な性格に見られ、人の言いなりになり、使い走りばかりやらされ、バカにされ、いじめられてばかりでした。

弁護士や裁判官といえば、決断力・判断力が必要で、自分の主張を堂々と述べ、反論し、討論して闘う職業、私には、とてもそんな才覚はありません。

そして、いつも家や図書館に籠もって黙々と本を読んだり、絵や短歌を創作している私を、周りの人達は、「芸術家肌・何の悩みもない・のんびりしている」と言い、現実が見えない人のように思われてきました。

弁護士や裁判官はとても現実的な実務の仕事。私は法律の勉強はしたことがなく、大学の文学部や美術学校に行きました。

所長は履歴書で、私の経歴は知っています。私の絵は暗いから皆嫌がるし、私は結婚して幸せになると決意したから、社労士事務所の人達には夫の絵は見せても、私の絵や短歌はいっさい見せていません。

私の作品が、差別がテーマだとは所長は知りません。所長は仕事柄、何人もの弁護士を実際に知っているから、どういう人が弁護士になっているかわかっているはず。私は女子大の学生寮で、ヤンキーの少女達のドキュメンタリー番組を見ていただけで、先輩達から笑われていました。

私の頭の中では、このような考えがぐるぐる回っていました。

その時、二十歳の私が大原問答の舞台で、「私の目標は、普通に話せるようになることだ。普通に話すだけではなく、できたら討論・議論できるようにまでなりたい」と決意した冬枯れの京都の勝林院の光景が頭をよぎりました。先天性の言語障害のため、ひとこと言葉を発するだけで笑い者にされていた人間が、「弁護士や裁判官になれる」と言われることほど、嬉しいことはありません。

三十年も社労士事務所を経営している所長が、自分の娘くらいの歳の短期のアルバイトの女性に、「君は司法試験を受けられるレベルだ」と言ってくれたのです。

私はこの時三十三歳、所長の「君なら弁護士や裁判官になれるよ」という言葉が、「私の話し方が変ではなく、私の話し方で社会でやっていける」という証明となりました。

第八章　本当の道

変わる世界

　この所長の言葉がきっかけとなり、その後私は徐々に話せるようになっていきました。自分の話し方が社会で通用すると思うと、それだけで安心し、自信になり、人と話す時も気持ちが楽になりました。それまでは、自分が言えないらしい発音を省いたり置き換えたりしていましたが、頭に浮かんだことをそのまま「頭→口」とストレートに言えるようになりました。話す時に「笑われないようにするには、指摘されないようにするには、通じるようにするにはどういう語を使うか」を考えず、話す内容だけを考えればよくなりました。自然と声も出るようになってきて、口も動くようになっていきました。

　以前は発音や話し方が変なのがバレないように小声で話していましたが、声を出してはっきり話せるようになっていきました。

人から話しかけられれば、「ハイ」「うん」と頷くだけでなく、コメントができるようになりました。そのため、会話が続くようになり、受け答えも速くなりました。

今でも地名などを聞かれて答える時は、「聞き返されるかも、変だと思われるかも」とドキドキしながら答えます。

例えば、「どこの桜を観に行ったのですか？」と聞かれて、「千鳥ヶ淵」と答える時です。以前は「ち」と「り」を言いたくないため、桜の話題も含め世間話全般を避けていました。必要最低限のことだけ話すようにしていました。大抵人の話を黙って聞いているだけでした。そもそもお花見は飲み会みたいなものなので、そのようなイベントはほとんど行きませんでした。

しかし、今は「千鳥ヶ淵」と一度言っただけで相手に正確に通じたことに自分で驚き、「あぁ、通じるんだ。『たちつてとの〝ち〟です』と言わなくていいんだ」とホッとします。このように、一度で通じる経験が積み重なっていくと、さらに話せるようになっていきました。

「今年は千鳥格子が流行りですよね」と、店員さんと話しながら楽しく買い物ができるようになりました。今までは、「ちなみに………」というような、省いても話が通じるような言葉はすべて省いていましたが、このような言葉も気にせず言えるようになり、会話がスムーズになりました。今まで話そうとすると喉のところでつまっていた声が、スッと出るようになってきて、体のほうも話すのが楽になりました。

これまでは「会話は辛い」という感覚で、会話どころか、人前で声を発すること、人に自分の発音を聞かれること自体が辛く恥ずかしいことでした。この話す時の不安・恐怖などの心の辛さ、言葉が喉でつまったり動悸がしたりする体の反応、言葉の置き換えなどの笑われずに、正確に伝えるための手段を考えていること、これらは人にはわかってもらえません。今まで「あなたは普通に話せていますよ」と言われても、ストレスを感じながら言葉の置き換えをして話している本人にとっては、「普通に話せていない」ということになるのです。これらのストレスがなくなって「話す時に心も体も辛くなくなった」と自分で思えるようになった時が、「構音障害の完治」なのです。

自然に話せるようになったからといって、飲み会やカラオケが好きになったわけではありません。「嫌なものは嫌」と断れるようになり、断っても罪悪感を感じなくなった、自分がダメな人間だと劣等感を持たなくなった、これが私にとっての「言語障害の克服」です。

それでも、構音障害のトラウマはなかなか消えません。今でも私は無意識に、「歯の治療」が「歯のキヨウ」と聞かれないように、「歯を治す」と言い換えています。写真店でデジカメのデータをＣＤへ書き換える注文をする時、「ＣＤへ移してください」の「Ｄ」を避けるため、瞬時に「円盤に移してください」と言い換えています。十五歳の時に「キャンディ」の「ディ」を笑い者にされたトラウマは強烈です。いまだに〝ち〟〝りょ〟〝ディ〟を言う時は瞬時に置き換えて話すように体が反応してしまうのです。熱いものに触った時も、「あちっ」という言葉は、無意識でも出てきません。外出して、街で「地下鉄・チーズ」など、〝ち〟という文字を見るだけで、ドキッとして嫌な気がします。一人で家で本を読んでいても、〝ち〟〝り〟などが出てくると、ビクッとして辛くなります。他人から笑われたり指摘されたりしなくなっても、この嫌な感覚は消えません。

もう一つの闇

社労士事務所を退職した後、私はすぐに資格の学校に通い、社労士試験の勉強を始めました。しかし、なぜか眼が開けにくくなっていき、数ヶ月後にはまぶたが上がらなくなってしまったのです。

眼が開かなければ、テキストも読めないどころか、道も歩けない、日常生活のことが何もできません。家にいても、廊下も歩けず、食事する時もお皿を持つのも大変で、食べ物をよくこぼしてしまいました。しかも、眼が開けられず閉じた状態でも、まぶたの向こうに光を感じてまぶしいので、電気を消した暗い部屋で寝たきりの状態になりました。眠っているわけではなく頭は冴えています。しかし眼が開かなければ、気晴らしもできない、何もできないので、じっとしながらいろいろ考えてしまい、とても辛い状態でした。

数年前から緑内障の治療で眼科に通っていたので、診察の際に相談すると、眼科医は、「眼が開かないのは精神的ストレスですから、心療内科に行ってください」と言いました。

当時、私は眼だけでなく、体調も非常に悪く、何ヶ月も咳が止まらないので、内科も受診していましたが、内科医もいつも心療内科を勧めました。

私は以前通っていた心療内科を受診しました。精神科医は以前と同じように抗不安薬を出し、「あなたは本来カウンセリングが必要なんですけどね」と、私がわがままでカウンセリングを嫌がっているかのように言いました。私は「この医師は、私がなぜカウンセリングをやめたのか、全然わかっていなかったのか」とがっかりしました。構音障害のトラウマを精神科医もカウンセラーも最後まで理解しませんでしたし、もう私は話せるようになって構音障害のストレスはないのだから、心療内科に通う必要はありません。眼科や内科に行ってもどうせ心療内科を勧められるので、病院に行くことをいっさいやめました。

眼が開かないのが精神的ストレスならば、気合いで眼を開けるしかない、と思いました。片方の手の親指と人差し指で両眼のまぶたを押し上げ、もう片方の手で日常生活のすべてのことをやりました。話せるようになったことに関しては、心は楽になったのですが、眼が開かないことで、精神的に辛い日々は続きました。何とか眼を開けようと頭にエネルギーを集中させるので、常に頭は痛く、体中が疲れ果ててぐったりしていました。強引に社労士の勉強は続けていましたが、日常生活も困難な状態なので、一時的に中断しました。

眼が全く開かない時もありましたが、休養していると少しは開くようになりました。眼が開きにくい状態の時は、人から「眠いのですか?」と聞かれました。眼が開きにくいと、日常生活のすべてが大変で動作がのろくなってしまうので、私の言動を人にはクスクスと笑われました。他人には「眼が開きにくい」ということも本人の大変さもわからないので、話しづらくて本人の苦しみを誰にもわかってもらえない構音障害と似たような状態でした。

しかし、すでに構音障害のトラウマは消え、自尊心を持てるようになっていたので、内面的には以前のような絶望感はありませんでした。自分の好きなファッションをして、いろいろな人と話せるようになり、嫌がらせをされても抗議できるようになり、自分の言いたいことも言えるようになりました。「あとは、眼さえ開けば」という状態でした。

ほとんどテレビも見ていませんでしたが、一生懸命、自分の気分を上げるためテレビをつけた時、本書の冒頭で紹介した構音障害の人を笑い者にするバラエティ番組が放映されていたのです。私は「六歳からの主張は間違っていなかった。絶対に社会に訴えるぞ」と決意し、とにかく眼の調子が良くなることを一番に考えました。

何としても

眼が開きづらいとふらふらして、歩くときも人とぶつかることがよくありました。まぶたを指で押し上げながら街を歩いていると、中学生達の会話が聞こえてきました。「アイツは普通にしゃべれないな」という言葉が耳に入り、相変わらず、話し方の欠点は噂になっているんだ、今の時代でも苦しんでいる子がいるんだ、と思いました。このことを世間に問うため、私は二〇一一年から本を書く計画を立て、構想を練りました。昔の日記や資料を読み返しました。

二〇一二年から、レポート用紙にひたすら自分の経験と感情を書き続けました。眼も開きづらいので、走り書きのように自分にしか読めないような字で、ひたすら書き続け、二百枚ほど書きました。書くことにより自分の感情を吐き出していると、少し調子が良くなってきました。

春になり、夏の社労士試験のことが気になっていたので、資格の学校に再度通うことに決め、試験勉強を再開しました。しかし、まだ眼が開きづらく、テキストを読むのも大変でした。相変わらず頭痛や疲労感で体はぐったりしていたので、授業に出席するのが精一杯で、予習・復習など自習はできませんでした。

授業は指されたり発表することがなく、先生の話を聞いているだけでよいので、語学の授業のような辛さは感じず、気が楽でした。トラウマは消えても、大勢の前で話す経験はほとんどないので、そのような場所では話したくありませんでした。

ある日の授業で、社労士の先生が偶然口が回らなかった時、「〇〇でちゅ、だって」と自分でおどけてみせ、数人の生徒がクスッと笑いました。話すのが得意な先生でさえ、自分の話し方が変になってしまったときは恥ずかしいので、冗談めかすわけです。

「この先生も、生徒達も、構音障害のことを知らないんだろうな。私だったら、冗談でもこういうことは言わないから」と思いました。

社労士や弁護士など、紛争解決の仕事をする人達が構音障害のことを知らないのでは、もし構音障害の人が法的トラブルに巻き込まれたら、圧倒的に不利な立場におかれ、孤立してしまうおそれがあります。精神科医やカウンセラーでさえ、構音障害の人の精神状態や苦しみ、トラウマを理解していないので、構音障害の人の主張はわかってもらえないかもしれません。周りの人達は「もともとこの人は変わった人だったから」「人とコミュニケーションができないこの人に問題がある」「昔から心療内科の通院歴があったなら、既往症じゃないか」「被害妄想じゃないか」と思い、誰も味方になってくれないかもしれません。構音障害の人は誤解されやすいので、トラブルは正しく解決されないおそれがあります。

このように、一般に認識されていないため、構音障害の人は、この社会では様々な場面・状況において不利な立場におかれ、理解者が少なくコミュニケーションもとれないために孤立してしまう危険性が高いと思います。

安心感

二〇一二年六月、私は二年間病院に行っていなかったので、緑内障のことが気にかかっていました。資格の学校の近くに眼科があったので、受診しました。私は「眼が開かなかったと言えば、心療内科を勧められるだろうから、これからは緑内障とドライアイのことだけを話そう」と決めました。眼は全く開かなかった時に比べたら、何とか開けていられるような状態になっていました。

初診で診察室に入ると、私の母親に近い世代の女医が、「○○です。よろしくお願いします」と、とても丁寧に挨拶しました。私は驚きました。

今まで、自分から患者に名を名乗る医師には会ったことがなかったからです。それから医師は時間をかけてとても丁寧に診察し、私が二年間ずっと体調が悪くて病院にも行けなかったことを話しても、心療内科の話はいっさい出しませんでした。最後に、「今の進行状態なら緑内障はまだ大丈夫ですよ。これからどんどん医学が進歩して、新しい治療法や薬が開発されていくから、大丈夫ですよ」と言ってくれたので、私はとても安心しました。そして、離婚した後もいろいろ大変だったので、人としてちゃんとした対応をしてもらえたことに感激して、診察後、涙が出てきました。

その後も学校に通いましたが、眼の不調のため勉強が困難で、社労士試験も受験はしたものの、問題文を読むのも大変で、当然不合格でした。

インターネットで「構音障害」と検索すると、全国に構音障害で苦しんでいる人達がいることをブログなどで知りました。私は、社労士試験の講座は一通り受講しましたが、障害の項で、構音障害に関しては、障害等級にも含まれず、障害年金などの社会保障や国の支援はいっさいないように思えました。そもそも構音障害が一般に全く知られていないので、まずは本を執筆しなければ、と思いました。

構音障害の本は、経験者にしか書けないからです。パワハラや職場のいじめ、嫌がらせも年々増加し、夏には、いじめ自殺のニュースがあり、私は一刻も早く出版しなければ、と気が急《せ》きました。

十二月、出版社に企画書を提出すると、出版社の人は私の話を聞き、絵と短歌を見て、私の意図をすぐに正確に理解してくれました。

「今の朱野さんを見る限り、そんなに苦しんできたとは思えない。今の朱野さんは、とても表情が豊かだから」

と言われたので、私は、「美術学校などで〝暗い絵は良くない。一ヶ所は抜ける部分、明るい部分を描きなさい〟と言われても、自分の考えを曲げず、ひたすら苦しみを描き続けて良かったな。この絵や短歌が苦しみの証拠だから、これで社会に訴えることができる。自分が辛い時は、自分のために苦しい暗い自画像を描けば良いんだ」と思いました。

そして「表情が豊か」という言葉を聞いて、「子供の時からよく、無表情で全く感情表現をしないために〝いつもニコニコして幸せそう。何の悩みもなさそう〟と言われて悔しかったけど、この人は〝表情が豊か〟という視点で見ることができるんだな」と安心しました。

十二月の同じ頃、再び眼科を受診しました。ドライアイのため定期的に受診していましたが、いつも先生は丁寧な対応で、私を安心させるようなことを言ってくれました。

この時の診察で先生は私を見て、

「あなた、顔がけいれんしていますよ。すぐに神経内科を受診しなさい。仕事を探す時、面接で不利になりますよ」

と言いました。顔がけいれんしていると、神経質そうに見られてしまうらしいです。翌日行った神経内科は医師の対応が悪く、「ビタミン剤を飲んでいればいい」という診断だけでした。私は不安になり、年明けに別の病院を探すことにしました。

本さえ書ければ

二〇一三年から実際に本の執筆を始めました。まだ眼が不調で、パソコンは長時間見ることができないので、原稿用紙に手書きで執筆するしかありません。以前書き溜めた二百枚ほどのレポート用紙を参考に書き始めました。

二月にやっと良さそうな神経内科が見つかり、受診しました。すぐＭＲＩを受けました。医師は結果を見て、

「脳の顔面神経に問題があります。選択肢は三つ、通院せずそのまま様子を見るか、注射を打つか、脳の手術をするか、選んでください」

と言いました。

私は「せっかく原稿を書き始めたのに、注射や手術をしていたら、執筆どころではなくなってしまう。一刻も早く出版しなければ。半年くらいで本を書き上げてから、この脳の問題を、どうするか考えよう」と思い、そのままにすることにしました。眼科の先生には結果だけを報告し、本の執筆に関しては話さないことにしました。

私は二〇一二年から機会があればいろいろな人に構音障害の話をしましたが、一般の人は誰もこのことを知らず、神経内科医にまで「今は話せているでしょ」程度で済まされてしまいました。就職斡旋の仕事をしている人達も障害者雇用の相談窓口の人も、構音障害のことは誰も知りませんでした。

ある就職セミナーで講師が「面接官達にアンケートをした結果、ほとんどの面接官の採

用したい社員は〝コミュニケーション能力がある人〟でした」と説明したので、私は「構音障害の人、構音障害のトラウマがある人は、圧倒的に不利だな」と悔しくなりました。

たまにテレビを見ていても、例えば十歳くらいの子役が大声で堂々とセリフを言っていると、「私はこの子の四年前の六歳の時も、五年後の十五歳の時も、ひとこと発するだけで笑い者にされていたな」と不条理を感じ、テレビを見る気も失せます。

レストランで食事をしている時など、耳を澄ますと、「人の話し方」に関する話題がよく聞こえてきます。例えば「あの人の声、小さくてよく聞こえないよ。だから困るんだよ」など、話し方の欠点というのは、結構普通に話題になっているようです。

「話し方」というのは、自分だけではなく、相手も気にするものです。相手にとっても「自分に関わること」だからです。書店に行けば、話し方の上達法や人に好かれる話し方などの「話し方・コミュニケーションの取り方・ものの言い方」の本が数多く並んでいます。

一般に、話し方というのは、「訓練すれば上達するもの、努力すれば話せるようになる」という認識であり、そこに「言語障害で話せない、言語障害のトラウマで話せない」という意識はありません。

書き進むにつれてまた眼も開きにくくなっていき、頭は締めつけられるように痛くなりました。それでも、書くことにより苦しみを吐き出し、出版社の人に原稿を渡すたびに、「これで少なくとも出版社の人達にはこういう問題があると知ってもらえるから、社会に訴えたことになる」と安心しました。出版社の人は、私が原稿を渡すと内容が暗くても、「よく頑張りましたね」「共感しました」と言ってくれました。

頭が締めつけられ息づまるような感覚は、きっと子供時代の辛い出来事を書いているせいだと思い、「原稿を書くのがこんなに辛いなら、きっと原稿を書き終えて出版社の人にすべて手渡した翌朝、脳の血管が切れて死ぬにちがいない」と感じていました。五月頃は「予定ではあと二ヶ月で書き終わるだろうから、あと二ヶ月生きていればいいんだな」と考え、とにかく事実と当事者の感情を記録として書き留めなければと、なりふり構わず書き続けました。頭が締めつけられ息苦しいので、髪を切れば頭がスッキリして楽になるかもしれない、と毎月髪をバサバサと切っていきました。ひたすら事実を書き続けていると、原稿は三百枚を超えたので、キャリーケースに入れて運び、図書館で執筆していました。図書館で執筆するときも、机の電灯がまぶしいので、周りの人達が電気を点けている中、一人だけ電気を消して執筆していました。

二〇一三年六月に眼科を受診すると、先生が私の顔を見て聞きました。

「顔がけいれんしているけど、大丈夫ですか？」

「二月にＭＲＩを撮った時、神経内科の医師に『自分が気にならないのなら、何もしなくていい』と言われました」

私の返事を聞いて先生は、「今度うちに眼科の神経の先生が来るから、予約を入れてくださいい」と言いました。

七月、もう少しで原稿が書き終わるという時、眼科の神経が専門の先生の診察を受けました。

原稿を書き始めた時、肩より長かった髪はバッサリとショートカットになっていました。私は長い髪が好きなので、いつもロングにしていましたが、「もう髪形なんてどうでもいい。本さえ書ければ」という気持ちでした。

医師は私のＭＲＩの結果を見て、

「あなたの行く所は大学病院の脳外科で、治療法は脳の手術です。あなたくらいの症状の人は皆治療を始めています。ほとんどの人は、注射の治療をしていますよ」

と言いました。私は「実は四年間、ちゃんと眼が開かなかったんです」と言うと、医師はＭＲＩの結果を指して、「それは、これが原因ですよ。これでは、とてもコンタクトは入れていられないでしょう」と言いました。

私は顔のけいれんと眼が開かないのは全く別物と考えていました。眼科の先生は、私が眼が開けにくいということを言わないでいても、眼が開かなかった原因まで見抜いてくれたのです。思い返せば、十年前もカウンセラーに「顔がけいれんしている」と指摘されたことがありました。その時は私は「神経内科」というものを知りませんでした。二十代の時から私は様々な病院に体の不調を訴えても、いつも「心療内科に行きなさい」と言われてきました。しかし、私はこの眼科医には体の不調も今までの人生のことも何も話していないにもかかわらず、「神経内科に行きなさい」と指示してくれたのです。

真実

私の病気は「片側《へんそく》顔面けいれん」と診断され、原因は「脳血管の顔面神経への圧迫」と判明しました。眼科の神経の先生によると、「大本の脳の原因を治さないと、何度注射を打ち続けても、注射が切れれば、また症状が悪くなる」とのことです。私は、「これから構音障害のことを社会へ訴えていくためには、完全に元気にならなくては」と思い、脳の手術を決意しました。神経の先生はとても驚いて、「脳の手術は非常にリスクが高い」と何度も説明するので、私は脳の手術はやめ、注射の治療をすることにしました。八月に大学病院でボトックスという注射を顔の眼の周りに七ヶ所打ちました。注射を打つと、眼が開くようになっただけではなく、子供時代からの頭痛・体のしびれ・疲労感がかなり減り、日常生活が楽になりました。

私は子供の時から、構音障害で話すことができず苦しんでいましたが、よく考えてみると、ずっと眼の調子も悪かったのです。十歳からメガネをかけ始め、十五歳の時からコンタクトレンズを使い始めても、すぐに眼が痛くなってコンタクトを入れていられず、ほとんどいつもメガネをかけていました。様々な種類のコンタクトを試してもダメでした。無口なだけでなく、いつもメガネをかけているので、余計大人しく地味に見られてしまい、嫌でした。メガネをかけていても、いつも眼が乾いて目薬ばかりさしているので、アイメイクもできませんでした。二十代前半の頃、コンタクトレンズセンターで検査した時、「眼が異常に乾きやすい」と言われました。二十代半ばで正社員の事務職で働いた時は、長時間パソコンで納品書を作成していたため、一時的に眼の見え方がおかしくなり、眼の不調のために退職しました。その後、美術館の監視員の仕事を選んだ理由は、「話す必要がない・パソコンを使わない・体力を使わない」からであり、構音障害だけでなく眼の不調、体の不調も考慮したものでした。子供時代からの眼の不調は、構音障害のストレスによる不眠のためだ、と思っていました。

私は口が動かしにくいために普通に話すことができない構音障害、まぶたが上がりにくいために普通に眼が開かない片側顔面けいれん、このような特殊な病気を二つも抱えていたわけです。片側顔面けいれんが今回明らかになった脳の顔面神経が原因なら、構音障害もこれが原因なのではないか、と思えてきます。どちらも顔の筋肉の動きに関係しているものですし、一人の人間に二つの病気が備わっていたら、何かしらの影響があるでしょう。物事はすべて繋がっているからです。もしかしたら、子供時代からの構音障害の極度のストレスで、片側顔面けいれんになった、あるいは病気が進行したのかもしれません。医師達は「構音障害と片側顔面けいれんは関係ない」と皆言いますが、この場合、構音障害が片側顔面けいれんを引き起こしたことになります。

いずれにせよ、私は頭では物事を理解し、自分の考えもあり、正しい答えもわかっていても、構音障害のため思うように話せず、片側顔面けいれんのため眼が開きにくく、動作がのろくなってしまい、さらに頭痛、体のしびれ、疲労感が常にありました。『声』というタイトルの自画像で私が手で頭を押さえているのは、精神的苦しみだけでなく、実際いつも頭が締めつけられるように痛かったからです。

寝る時は季節に関係なくアイス枕を使い、頭に濡れタオルをのせて寝ることが多いです。しかし他人からは苦しみをわかってもらえないので、ダメ人間扱いされたりいじめられたりする、このような苛酷な障害や病気を二つも経験したのです。子供の時から、口が動かず話せない、眼の不調、体の不調で日常生活さえ困難な状態で、普通の人ができることが普通にできず、どこに行っても孤立してしまう、これは明らかに身体的な障害や病気、体の機能障害のためです。

医師達の見解はどうであれ、私は構音障害と片側顔面けいれんを体験した当事者として、自分の三十七年の不可解な体の不調と苛酷な人生を考えると、この脳の顔面神経の問題が体のいろいろなところに悪さをしていて、人生のすべてに悪影響を及ぼしているように思えてなりません。ある神経内科医は「この脳の問題は、生まれた時からのものだったでしょう」と言いました。

今まで周りの人達は私が辛そうにしていると非難するので、眼科の先生にも辛いとは言ったことはありませんでしたが、先生は以前から私を見て「お疲れなのね」と言ってくれたり、優しい態度で接してくれていました。

そして、「体の不調により、精神的ストレスが生じる」というように、原因と結果を逆に考え、それまでの医師達の勧めた心療内科ではなく、「神経内科に行きなさい」と言ってくれたのです。そのおかげで私は苦しみの原因と正しい治療法がわかり、片側顔面けいれんも、子供時代から三十七年続いた眼と体の不調も緩和され、さらに自尊心が持てるようになりました。

第九章　社会の中の構音障害

歪んでいるのはどちらか

最後に、構音障害について、私の意見をまとめて書きます。

人間には、「うまく話せない人を見下す・不快に思う・バカにする」という本質があります。現代日本社会には、コミュニケーション能力・自己主張・ディベート・グローバル化による語学力重視という風潮があります。構音障害は一般には知られていないため、社会に理解も認識もされていません。これらの、人間の本質と社会の風潮と社会の無理解が相まって、構音障害の人はさらに生きづらくなり、居場所がないのです。話すことが重視されている社会では、構音障害の人は、生きること自体が苦痛なのです。

今まで、二週間に一度の診察でしか顔を合わせない医師や、四六時中一緒にいるわけではない周りの人達が、「誰もあなたの発音や話し方を笑いませんよ」と言っても、何の説得力もなく、気休めにもなりませんでした。発音をストレートに笑われなくても、「構音障害のトラウマで話せないために、軽く扱われたりいじめられたりする」という間接的なつながりもあるのです。

周りの人達は、意見を言わない、話せない人間のことを軽く扱うようになります。人と話せないと、多くの人達は、「気が弱い人・内気な人」と一方的に決めつけ、威圧的な態度で接してきます。初対面でも、相手が大人しく言い返せなさそうだと、バカにしたり、八つ当たりの対象にしていじめてくる人間もいます。

仕事なら我慢するにしても、社会に出ていけず、プライベートの人間関係でさえ私は人から見下され、ひどい態度をとられることばかりでした。昔から、同い年や年下の人間にバカにされるのが、私の人生では当たり前のことでした。

「私一人」対「周囲の構音障害でない圧倒的多数」の中で、私は孤立し孤独に苦しみ、「普通ではない、変な人」と思われても、自分にはどうすることもできませんでした。構音障害の経験がなく、構音障害の人の苦しみも精神状態も全くわかっていない医師の的外れな診断を、構音障害を経験したことのない周りの人達が信じます。私は誰にもわかってもらえず、精神的な病気だの、被害妄想だの、極端なマイナス思考だの、考え方が歪んでいるだのと言われてきました。私は自分が普通ではなくおかしいのかと、さらに劣等感が強まっていきました。しかし、二〇一〇年のバラエティ番組を見て、私の考え、六歳からの私の主張は間違っていなかったと確信しました。

考え方が歪んでいるのは、先天性の言語障害の人を笑い者にしたり、わざと話し方を指摘したり、話せない人をいじめたりする人達のほうです。「普通でない」のは、相手の事情も気持ちも考えず、「普通じゃない・変な人」とバカにしたり、非難したりする人達のほうです。このような人達が何を考えているのか、私には理解不能です。

話すことに劣等感のある人は、話すこと以外のことで頑張っている人が多いと思います。話し方というのは、指摘されると、本人が気にして、さらにこわばった話し方になり、人と話せなくなってしまいます。ですから、話すことに関しての欠点は指摘せず、本人がそれを補うために頑張っている別のことを褒めて認めるようにしてほしいのです。誰だって、自分の欠点は自分がいちばんよくわかっています。私は三十歳近くになっても、「話し方がおかしい」と言われていましたが、そんなことは六歳の時からわかっていることです。

私は普通に話せるようになって、眼の不調はあるものの「構音障害でない人って、生きるのがこんなに楽なんだ」と思いました。そして、「生きるのがこんなに楽な人達が、障害のため、ただでさえ生きるのが大変な私をいじめて苦しめて喜んでいたのか」と、さらに怒りが増しました。怒りや悔しさが原点になっているので、私のモチベーションは下がることはありません。

人は相手の言っていることがよくわからないとイライラしてくるものです。構音障害は、外国人でもなく、方言でもなく、年のせいでもなく、音痴とも違うのが明らかなので、かえって皆が、「何かこの人の話し方変だけど、何だろう?」と話し方に耳を澄ませ、それが噂にもなります。構音障害の話し方自体が人に不快感を催させるようです。また、構音障害のトラウマで言葉の置き換えなどをしながら緊張して話していると、話し方が不自然になってしまいます。そのうちに相手にもそれがわかり、周りの人達に「この人と話していると、何だか気分が悪いな」と思われ、他人も離れていくようになります。この障害は、本人が悪いわけではないのに、人に避けられてしまう、本当に苛酷な障害です。障害のために周囲からサポートされるのではなく、正反対に、障害のために嫌われ、いじめられ、何の支援も保護も保障もされないのです。

居場所はどこに

今までは「眼が開けにくい」ため、人と会うのも緊張し、構音障害が治ったといっても、話す時に構えてしまっていました。「片側顔面けいれん」でパソコンを長時間見られないので、ＩＴ化が進み、誰もがパソコンを使い、パソコンでコミュニケーションを取り、ほとんどの仕事でパソコンが必要な社会では、生きていくのが大変です。また、「片側顔面けいれん」で眼が開けにくいと、どうしても厳しい表情になってしまうせいか、街で見ず知らずの人に言いがかりをつけられたこともありました。片側顔面けいれんも、本人が悪いわけではないのに、人に嫌がられてしまうのです。

「構音障害・片側顔面けいれん」など、自分の努力ではどうしようもない事情のために、社会で弱者の立場にならざるを得ず、一般に理解も認識もされていないため、何の支援も社会保障も法的保護もない状態の人達がこの社会には存在しています。私の病気の原因の「脳の血管の顔面神経への圧迫」が今後どうなっていくのか、医師も「わかりません」と言うだけです。ボトックス注射はあくまで症状を抑える治療であり、今後も私はこの注射を三ヶ月に一度打ち続けていくことになります。このボトックスは日本では二〇〇〇年に承認され、医師は、

「朱野さんの病気の原因と治療法がわかったのは、ここ数年のことです。この病気の患者数はとても少ないです。昔はＭＲＩだってなかったんですよ」

と言います。注射後も、眼と体の不調は残り、疲労感は常にあり、コンタクトは入れら

れません。副作用で片方の眼が完全には閉じないので、片手で押さえながら、髪や顔を洗っています。笑うと眼の大きさの違いが目立ち、顔がつっぱった感じがして、笑顔が作りにくくなりました。また恥ずかしいので、あまり笑わないようにしていました。もっとも、こんな状況では笑おうという気さえ起きませんが。しかし笑わないと無愛想に見られたり、誤解されたりしてしまいそうです。

結局、子供時代からの頭痛・体のしびれ・疲労感の原因は今なお不明、構音障害の原因も不明です。言語聴覚士法は一九九七年に制定、言語聴覚士の国家試験第一回目は一九九九年（私が大学を卒業した年）実施ですから、それ以前の、私が子供時代一九八〇年代に通った「ことばの教室」で言語訓練をした先生は、そもそもどういう人が先生をやっていたのかもわからないわけです。このように、最近になってやっと医療関係者など、一部の専門家に注目され始め、現在でもまだ解明されておらず、原因も治療法も研究中の障害や病気があります。「片側顔面けいれん」は、身体障害者手帳は出されず、難病の認定もされていません。明らかに日常生活が困難で、一生治らない病気なのに難病認定されない、これでは「片側顔面けいれん」は「健康」でもなく「病気」とも認められず、どちらの範《はん》疇《ちゅう》にも属さない、この社会で属する場所がないように感じます。私は構音障害が治った今でも、「片側顔面けいれん」のため、十五歳の時『罪と罰』で共感したセリフのごとく

「どこにも居場所がない」のです。

私の子供時代は、言語聴覚士法も制定されていなかったため、適切な治療も受けられず、周囲の理解もなく、同級生だけではなく大人からもひどい態度をとられました。私のような人達が放置されたまま大人になり、社会でやっていけず辛い状態に陥っています。このような現実に、どうか社会が眼を向けて、問題視してほしいのです。

私は三十三歳で構音障害のトラウマが消え、その後四年間で話すことに慣れ、三十七歳半ばでやっと、注射により眼が開きやすくなりました。

周りの人達も流暢に話せるようになった私を見て、やっと、「前に話せなかったのは言語障害のせいだった」とわかったようです。以前は、「内向的」とか「口下手」と見られていました。構音障害とは、完治するまでは「障害だった」ということさえ認めてもらえないのです。また、ボトックスを打って、副作用はあるものの、眼も開き、体調も良くなり、表情も穏やかになって、やっと周りの人達も、「眼が開けにくく、そのため体調も悪かった」と、わかったようです。

今ではどこに行っても、誰と会っても、「こんにちは」という言葉が自然に出てきて、自分から挨拶できるようになりました。

第十章　最後の自信

再び、原点へ

二〇一四年三月、ボトックスの注射後何度か書き直した原稿がどうしても完成できませんでした。この本を書き上げるには、原点に戻らなければ、と思いました。社労士事務所を退職して五年、私は所長に年賀状や暑中見舞いなど何度か手紙を書き、構音障害、いじめ、本の執筆のこと、脳の病気で社労士受験を断念したことなど近況を伝えていました。所長と話せば、この本の落とし所が見つかるかもしれない。どうしても、所長と話さなければ……。

事務所に電話をすると、すぐに所長が出ました。所長は以前と変わらない歯切れの良い強い口調で言いました。

「あなたはね、悪くはない。かといって、良くもない。あなたには、何にもないですよ。

あなたは普通でした。契約期間が切れたから辞めたのであって、懲戒解雇したわけではないのだから。言語障害のことは、私にはわかりません。協力してほしいことがあるなら具体的に箇条書きにしてＦＡＸで送りなさい。一つ一つできるかできないかチェックして返信します。たとえばＮＰＯを立ち上げるなら役所へ届け出る書類とか役員とか……」

それだけ言って、所長は電話を切りました。

私は、社労士事務所の勤務は、無遅刻無欠席で、仕事も特にミスもなく淡々とこなしていました。所長の言葉は、確かにその通りです。

しかし、事務所退職後、構音障害のトラウマが消え、思うように話せるようになってからも、それまでの私の経歴・構音障害が土台となっている私の性格や考え方・片側顔面けいれんのための私の言動など、「普通ではない」といろいろな人から言われてきました。

私は反社会的なことはやっていませんし、犯罪も犯していません。いつも真面目に一生懸命生きてきました。それなのに、なぜいつも非難されたり、欠点を指摘されたり、「変わっている」と言われなければならないのでしょうか？

原稿を書きながら、体の辛さのため髪をバサバサ切っていった時も、美容師さん達に「普通はこんなに切らないのに！」と驚かれました。美容師さん達は、私が「病気が判明し、眼の周りに注射を打つから髪を切る」と言っても、私が髪をバッサリ切ったことに大はしゃぎでした。

ＭＲＩの結果が出た時、長年の不調の原因と治療法が判明して安心する一方で、一生治らない病気なので、「私はやはり普通の女性ではなかった。ついに医学的にそれが証明された。もう一生、健康にはなれない……」と絶望しました。

神経内科でも、ＭＲＩで脳血管の顔面神経への圧迫という物理的な結果が出て、「片側顔面けいれん」という体の病気が明らかになってもなお、私が「疲労感がある」と言うと、「疲労感を扱うのはメンタルクリニックだけです」「やりたいことがあっても体がついていかないのは、心と体が連動しない解離性の病気です」と心療内科を勧める医師達が何人かいました。

就職活動で仕事センターで就職興味検査を受けると、「あなたは気まぐれな人です。あなたは普通とは考えが違います。『辛い経験をしたから、辛い人の役に立ちたい』というのはあなた独自の考えで、普通はブライダル産業など華やかな職業にあこがれるものです。あなたに当てはまる職業はありません」と言われました。そして「ところであなたは芸術に興味があるみたいですが」と言うので、私は「障害や病気がなかったら法律関係の仕事をしたかったです」と言うと、紙にいくつかの数字を書いてすばやく計算して、「法律関係の仕事！　それを聞いてわかったわ。あなたから芸術的な要素を取り除くと、弁護士になるのよ！」と言われました。その時私は「君なら弁護士になれるよ」と言った所長の言葉がふと頭をよぎりました。その後「事務職でも何でもできそうね」と言うので、私が病気だと言ったとたん、最初と正反対の事を言ったので私は何だか嫌な気持ちになりました。他の就職相談員の人達にも、「あなたのような人は、就職したら精神的に不安定になりますよ」と、仕事を探す段階で「心の病」と見なされてしまいました。

行政関連の施設の職員の人達と構音障害・片側顔面けいれん・いじめ問題・本の執筆について話をしましたが、「人生で楽しみ・生きがいを見つけましょう。人を信じましょう。自分から心を開きなさい。笑って暮らせるようになりましょう。あなたより辛い人がいますよ。病気でも頑張っている人がいるんですよ」というように、すぐに比較論を持ち出され、心の病やうつ気味で考え方に問題がある、という方向に話をもっていかれました。

私がいくら体の病気を説明し、いじめの実態と病気に対する国の支援を訴えても、「心の持ちよう」とされました。『原点二〇〇七』の絵を見せて、大笑いされたこともあります。私はこの問題を一人で訴えているので、結局は少数派の私はどこに行っても孤立してしまいました。私の病気を経験したこともない、私より健康で恵まれた状況の人達に、以前カウンセラーに言われた「ヘレン・ケラーさんがいますよ」というのと同じ類の比較論を持ち出され、苦しみの度合いはわかってもらえません。職員の人達に「話を聞きますよ。

あなたをサポートしますよ」と言われますが、表面的な対応でいくら話しても行政の中心には話は行かず、何の解決にもならず、徒労感とイライラが募るばかりでした。

社労士事務所の所長の「あなたは普通でした」という言葉は、周りの人達とは正反対でした。私は気持ちがとても楽になりました。五年前と同じように、所長の言葉で、それまで私を締めつけていたものが断ち切られ、解放されたような気がしました。「私は普通だ。考え方がおかしいわけではない」と思えるようになり、自分の気持ちに自信が持てました。私は次のような自分の主張を再確認しました。

「私が構音障害を克服していちばん良かったことは、ひどい態度をとられてもすぐに反論できるようになったことです。他人から一方的にいじめられる筋合いはありません。以前のように何も言えずいじめられっぱなしで悔しさを心に溜め込むことが減りました。その点で、心は楽になりました。

これからも、私は、構音障害の人に対するいじめの問題に向き合い続けます。そうでもしなければ、私の心がやりきれないからです。自分の原点も、この社会で今もなお構音障害に苦しんでいる人達のことも、私は片時も忘れません。いじめは絶対に許しません」

差し込む光

五月の終わり頃、私は眼の痛みのために眼科を受診しました。先生は、「軟膏を塗って、うっとうしいでしょうけどアイマスクをして寝てください」と軟膏と目薬を処方し、最後に静かな落ち着いた口調で言いました。

「もうすぐ梅雨に入るから、調子良くなりますよ」

私はホッとしました。今まで医療関係者からこのようなことを言われたことはありませんでした。先生の言葉で、私はあることに気づきました。

「私は一年の中でいちばん好きな時期は梅雨時だった。それは、体が楽で過ごしやすかったからなんだ」

私は子供の時から雨が好きでした。「憂うつな雨の日を楽しく過ごしましょう」という広告を見て、皆がなぜ雨を嫌がるのか、どうしても理解できませんでした。「雨の日はこんなに気持ちいいのに。きっと私は話せないためにいつも心が辛いからだ」と思っていました。雨の都会や傘や水滴などをよく絵や短歌のモチーフにしました。買い物に行くと、雨のイラストのついた雑貨をよく選んでいました。

私は今まで眼の検査で「眼が異常に乾きやすい」と何度か言われてきました。雨の日や曇りの日は、空気中の水分が多いので、眼の乾きが楽になるのでしょう。眼の調子が良ければ体全体が楽になり、そのため精神状態も良くなります。外出するのも楽で、見る景色も好きになります。私が雨や水を好きなのは、眼や体調の良さという身体感覚を伴っていたのです。

二十代で詠んだ短歌の「空の青さにむかつくばかり」（一一三ページ参照）という言葉は、心を詠んだつもりでした。しかし、雲一つない青空の日というのは、私の眼はカラカラに乾き、ヒリヒリ痛く、何度目薬をさしても眼がすぐに乾いてしまいます。眩しくて頭はクラクラし眼の調子が悪ければ体もぐったりするので、どんなに前向きになろうとしても、イライラしてしまっていたのです。

頭を抱えた自画像の『声』にしろ、「キイキイと鳴く鳥」（九二ページ参照）の短歌にしろ、私の絵や短歌は精神的苦悩を描いているように思われがちですが、その根底には構音障害や片側顔面けいれんなどの身体的な病気による頭痛や眼の乾き、発音ができないという症状が常に存在しています。そこから、日常生活の不便さや周囲の無理解・いじめという社会生活の困難により精神的苦悩が生じるのですが、私の身体の障害や病気は患者数が少なく一般に知られておらず、医療関係者達もまだ研究中なので、精神的な面だけが取り上げられてしまいます。そしていつも、「前向きになれ」「暗い作品は良くない」と言われてしまうのです。
私は雨が好きなことと眼は全く関係ないと思っていたので、先生に「雨や梅雨時が好き」「雨の日が調子良い」とは言ったことはありません。自分の作品を見せたことも、絵や短歌の話をしたこともありません。眼が病気だと、他人とは好きな天気まで違ってくるのです。私は子供の時から、雨に限らず、自分の好きなものを言うと、笑われたりけなされたり、「変わっている」と言われ続けてきました。それが先生の言葉で、「私が雨が好きなのは、私が変わっているからではなく、当然のことなんだ。これからも自分の好きなものは好き、と堂々としていればいいんだ」と思えて、とても安心しました。

六月になりました。今にして思えば、数年ぶりに外で働こうと思い立ち、社労士事務所で最初に働いたのは、算定基礎届前の六月中旬でした。数年ぶりに病院に行こうと思い立ち、この眼科を受診したのも、六月中旬でした。あの時は、八月の社労士試験に向けて春から勉強を再開し、「まずは体が健康にならなくては」と思い、通学しながら通院できるようにと、学校の近くの眼科を探したのでした。社労士事務所も眼科も、梅雨時の体調の良い時だったので、新しい場所へ行こう、と踏み出す気持ちになったのかもしれません。

心地よい雨の後は、六月の雨に濡れた深緑の樹々の葉脈が、雲の合間から差し込み始めた光に透け、水滴に光が映り、澄んだ空気に包まれます。
二十七歳頃詠んだ歌が思い浮かびます。大学時代に読んだドストエフスキーの小説の中のセリフをもとに創りました。

葉脈が光に透けて輝いて
　本当はただ世界は一つ

湧き上がる力

六月の半ば、梅雨に入って二週間ほど経ち、私は体調の良い日が続いていました。ＭＲＩの結果により治療を始めてから一年近く経って、私は何とか自分の病気を自分で受け入れよう、と思い始めました。注射を数回打ち、副作用にも、この状況にもだんだん慣れてきました。病気のため、メガネにショートヘアで、アイメイクもあまりできませんが、限られた中でいかに女性らしく見えるようにするか研究しました。パーマをかけ、スタイリング剤で髪をフワッとさせ、女性らしいフレームのメガネをもう一つ作り、片眼を押さえて軽くアイメイクをしてアイメイクがダメなら口紅やチークの色や洋服・立ち振る舞いで女性らしさを出すように心がけました。

ボトックスという注射はまだ新しい治療法なので、病院でも看護師や受付の女性に興味本位で顔をじろじろ見られることもあり、嫌な思いをしました。医療関係者達から「この注射を打ち続けると、ほうれい線が下がっていって、口が半開きになり、飲んだものが垂れるようになります」とか「私の母も顔面けいれんの症状でほうれい線がどんどん下がっていって、恥ずかしいと言って外に出たがりませんでした」など、いろいろ言われました。このようないじわるな言葉はどこまで本当かわかりませんが、一生注射を打ち続けるしかないと言われている患者としては、最悪の言葉です。顔の病気をもっていない人に言われると、腸《はらわた》が煮えくり返る思いです。病院でもどこでも、この社会では病気の人間に対する周囲の態度はひどく、「患者ハラスメント・病人ハラスメント」というものがあると思います。

四月にボトックスを打った直後、ベッドで横たわっていると初対面の看護師が私が注射を痛がっているのを見て「痛かったですか？『この注射は回を重ねるたびに打つ時の痛みが増す』って、テレビで言っていましたけど、本当だったんですねー！」と嬉しそうに笑っているのです。まるでモルモット扱いです。テレビの話はどこまで本当かわかりませんが、今後三ヶ月に一度、一生注射を打ち続ける、何十回と打つ予定の患者に、「どんどん注射が痛くなる」と得意げに言って、患者に一生分の不安と恐怖と絶望を植えつける、「これは人の言葉ではない」と私は思いました。この言葉は待合室のほかの患者達にも聞こえており、待合室に戻ってきた私を見てある患者さんが、「私も三年前から打っていますが、顔がつっぱっちゃって…」と辛そうに言いました。

私は大学病院に担当の看護師を変えるよう抗議し、病院側は謝罪はしてくれましたが、担当を変えるのはシステム上無理と言うので、即刻その大学病院をやめました。私からすれば、初対面の患者に一方的に暴言を吐くこの看護師こそ、「普通ではない」「心の病」「考え方がおかしい」のであり、心療内科を受診する必要があると思います。

私は今度の本に載せる絵の写真を撮るため、部屋の家具の後ろにずっとしまったままだった『声』『原点二〇〇七』を取り出しました。自分の絵を数年ぶりに改めて見ると、「私は本当に頑張って生きてきたんだな」とエネルギーが湧いてきました。自分の原点に立ち返った気がしました。

それでもまだ不安だったので、出版社に電話しました。私がいまだにいろいろな場所で〝心の病〟のように見なされてしまうことを話すと、出版社の人は、「朱野さんは非常に理論的です。朱野さんの怒りはもっともです。朱野さんは精神障害ではありません。文章を見れば、すぐわかります。一ページ目を読むだけでわかります」ときっぱり言い切ってくれました。一年半前と変わらず、私の主張を理解してくれていることに、私はとても安心しました。

私がいつも納得がいかないのは、いじめられた被害者が苦しみを訴えると、「心療内科へ行きなさい」と言われ、心の病とされてしまうことです。心の病を抱えているのは、弱者を一方的にいじめる加害者のほうだと思います。いじめる側の人間こそ、自分でお金を払って心療内科へ行き、「弱者をいじめてはいけない」という考え方に変わるべきです。

いじめられた人間が心療内科に行けば、「ほかにもいじめられている人がいますよ。あなたの受け取め方に問題があります」と言われ、「いじめられて辛い、悔しい」という、人としての当たり前の自然な感情まで否定され、頭をボヤッとさせる抗不安薬を処方され、思考力と自尊心は潰されるのです。

構音障害・片側顔面けいれんは、見た目に障害や病気を抱えていることがわかりにくいため、日常生活の困難さ・苦しみの度合いも本人にしかわからないのに、見るからに重度の障害者（車イスの人や火傷・全盲の人）などと比べられ、「あなたよりもっと辛い人がいるのですよ」と、自分より健康で状況にも恵まれている人に言われてしまうことが多いです。「希望を持たせてやろう」「自分がいちばん辛いと思っているだろうから、自分にも恵まれたものがあると気づかせてやろう」という感じに、上から目線で言われてしまいます。当事者としては、構音障害も片側顔面けいれんも経験していない人達にそんなふうに言われると、余計傷つき悔しいです。苦しみというのは、見た目の障害や病気だけでなく、目に見えない体の不調・環境・生い立ち・人生経験・家庭などすべてを含めて本人が感じるものです。理解者や支えてくれる人がいるかどうかも人それぞれです。大学病院に通院している人が皆、車イスに乗っているわけではありません。内部障害の人は見た目にはわかりません。

　今でも私は片側顔面けいれんで眼が開きにくく、眩しくて眼が痛いので、照明の強い店の中を歩くと頭がクラクラし、買い物のときにレジでよくレシートやお金を落とし、店員さんに笑われてしまいます。日常生活のすべての動作がのろくなり、化粧や支度にも時間がかかります。そのため店や病院などの予約の時刻に遅れてしまうことも多いです。片側顔面けいれんも、構音障害と同じように、人生のすべての足枷です。普通に話せるようになっても、片側顔面けいれんのため眼と体の調子が悪いと、ひどい態度をとられてもすぐにその場で反論できないことも多いです。健康な人はいざというとき闘えますが、体に障害や病気を抱えているといざというとき闘えないので、常に弱気で気後れしてしまうのです。片側顔面けいれんのため受け答えがのろいことを、今でも笑われることがあります。親しくもない人達に子供扱いされてしまいます。このような日常生活の不便さは本人にしかわからず、人からは〝ダメな人・のんびりした人〟と思われ、軽く扱われてしまいます。

医療関係者達は、「片側顔面けいれんは死に至る病ではない」と言いますが、病気自体がすぐに転移や悪化しないとしても、その病気のためにいじめられたり差別されたりして、社会保障も受けられず人並みに働けず、生活が困難になり、二次障害としてうつ病が発症したり、何かのトラブルに巻き込まれたりして、死亡したり自殺に至ってしまう可能性もあります。その場合、結局は体の病気のために死亡したことになります。

私は社労士の勉強を一通りしたのでわかりますが、この社会ではすべての弱者に社会保障があるわけではありません。国から支援される弱者は法律で限定されています。法律で守られているのは〝多数派〟の人達です。例えば、健康で出産のできる女性は、妊産婦の保護規定により「産前・産後の休業」「育児休業」など国から支援を受けられますが、私のように病気でボトックスを打ち続けるため出産が無理な女性は、何の支援も受けられません。

法律で支援が定められていない病気や障害の人達、現在の医学では解明されていない病気や障害の人達・その家族達は、どうやって生きていけばよいのでしょうか？　この社会では法律ですでに〝差別化〟がなされているのです。そして、国から支援されないだけでなく、周りからも社会的弱者であるため「頼る人間がいなくて弱い立場だから、反論できないだろう」と一方的にいじめられ見下されてしまうのです。

私は自分の身を守るために、猛勉強して浪人して一流大学に行きました。

頭では物事がわかっているのに、「普通に話せない」「普通に眼が開かない」ため、自分の能力も発揮できず、ダメ人間扱いされ、どんなに努力しても人生がうまくいきません。体の病気のために社会で認められないのです。頭でわかっている分、余計悔しく辛いです。

私は大学院進学も社労士受験もあきらめ、就職も失敗し、離婚もしました。いつも体の障害や病気のために不可抗力で辛い状態になっている私に対して、私の苦しみに満ちた絵や短歌を知っていながら、あからさまにわざと恋愛や結婚・子供・仕事の自慢をしてくる人はたくさんいます。辛い状態の私が連絡しても返事もよこさないのに、自分の幸せだけは見せつけてくる、というのはよくあるケースです。特に離婚した私に対する周りの態度は度を越してひどかったものです。私の劣等感をつつき、私の心の傷をえぐるようなこと、辛くなること、怒らせることをわざと言って、私が辛い顔をしたり怒ったりするのを見て、大喜びして大笑いする人はたくさんいます。私の苦しみを喜んでいる姿を隠しさえしないのです。私が耐えかねて反論すると、「苦しんでいるとはわかりませんでした」「病気とは知りませんでした」と言い訳します。相手が病気ではない、苦しんでいないからといっていじめていいわけがありません。明らかに確信犯です。

私を怒らせるようなことを言いながら、「怒ると顔がひどい」と言う人達も多いです。そして、いじめや嫌がらせをする人間に限って、「周りの人達を大切にしなさい」とか「親を大切にしなさい」などと説教じみたことを言うのです。私がいじめられて抗議すると、相手は私が反論したことに驚いて、ガラッと態度が変わり、猫なで声になり、とても大げさに「ごめんなさーい」「悪かったー」と謝ったり、いじめを埋め合わせるかのように、私のことを褒め出す人もいます。人をいじめる人間というのは、強者には媚びへつらい、弱者はいじめるというように、「相手によって態度を変える」人達です。

健康な人達は、何かあっても体が健康なので人生を先に進め、新しいスタートが切れますが、常に病気や障害を抱えていると、日常生活も困難なので、何かに失敗したときも先に進めません。強引に先に進もうとすると、また失敗し、心も体も更なるダメージを負う、その繰り返しです。

私のように一生治らない病気を抱えていると、なかなか先へは進めないばかりか、今生きることとさえ困難です。自分の病気が今後どうなるかもわからないので、人生の計画は立てられません。「何をしたいか」という選択肢はありません。しかし健康な人達は、「体の病気のために先に進めない」という経験もなく、私の病気が一般に知られていないので、心の問題だと思うらしく、私はいつも「過去にばかりこだわっていないで、今と今後のことを考えなさい。過去は忘れなさい。新しくスタートしなさい」と言われてしまいます。私がいつまでも過去にこだわるダメな人、というように上から目線で説教されてしまうのです。また、自分が新しくスタートしようとしても、今まで構音障害と片側顔面けいれんのため四十歳近くになっても何の資格もキャリアもなく独身だと、世間に「この人はこの歳でこの状態というのは、何か問題があるのではないか」と思われてしまい、なかなか世間に受け入れてもらえないものです。貯金もなく今後一生治療費がかかるので、新しくスタートする元手もないです。

また、「健康は大切ですよ。元気になってください」ともよく言われてきました。しかし、私の場合は体の病気なので、「心の持ちよう、努力」ではなく、単に注射を打つか打たないかという物理的なものです。しかし、正しい原因と治療法が三十七歳までわからなかったので、自分でも心の問題だと思い込み、人からいろいろ言われても反論できなかったのです。健康な人は、今がうまくいっているので、過去を見切れます。しかし、病気を抱えていると、どんなに努力して先へ進もうとしても、過去だけでなく今もうまくいきません。

私は五年前、言語障害が完治した時、「これから社労士の資格を取って、企業に就職し、普通のＯＬになろう」と思いました。社労士の勉強を始めた時は、「今までは話せないために選択肢がないから文学や美術の勉強をしてきたけど、法律の勉強って、理論的で何ておもしろいのだろう！　社労士こそ、私の天職だ」と思いました。しかし眼が開かなくなり、ＭＲＩの結果も出て、離婚した後に新しくスタートしようと思った社労士も断念せざるを得ませんでした。とても悔しいです。

構音障害の時は話せないために職業の選択肢はありませんでしたが、話せるようになっても、今は片側顔面けいれんのため、パソコンを使う仕事や接客業は難しいので、結局やりたいことはできません。近年のペーパーレス化（全てをパソコンのデータで管理する）というのは、顔面けいれん、緑内障、ドライアイ等眼の病気の人間にとっては大変です。

私は眼が全く開かなくなってから、四年たって、やっと病気の原因と治療法が判明しました。それまではずっと精神的ストレス・うつ病・精神障害と見なされてきました。このような状態の時に、法的トラブルに巻き込まれたら、構音障害のところで書いたように、圧倒的に不利な立場に陥ります。例えば法的な権利の請求権には「時効」があります。時効が過ぎた後、本当の病気が判明する可能性もあるでしょう。

離婚した時、あるいは二十代、十代、もっと遡って六歳の時にＭＲＩを撮っていたら、私の人生はもう少しましなものになっていたかもしれません。しかし、ボトックスが日本で承認されたのは私が二十四歳の時です。ボトックス注射は、顔の見た目や妊娠に影響するので、片側顔面けいれんというのは、女性にとって本当に辛い病気です。

私は心がやりきれません。

構音障害が治ったことは良かったのですが、「ボトックスを打つとほうれい線が下がったり、口の周辺に副作用が出てくることがある」と医師達が言うので、私は「今までの人生でとにかく構音障害が辛かったので、注射を打つ時に〝また構音障害にならないこと〟をいちばん重視して打ってください」と頼んでいます。

構音障害のトラウマが消え、話す時の苦痛はなくなっても、まだ聞き返されることや相手に通じないことはたまにありますが、その割合はかなり減り、日常会話は不自由がなくなりました。もちろん、顔の見た目も心配ですが、構音障害だけはもう絶対になりたくないです。あの地獄には、戻りたくないです。

ありのままの自分

静かな雨上がり、心は落ち着きます。

私は昔から、少し元気になると、「明るく元気になった」とよく言われてきました。私としては、「以前は暗くて元気がなかった」と言われているような気がして、悔しいです。私はいつもハンディキャップを抱えながらも一生懸命頑張って必死に生きているので、昔の自分も「暗かった」と否定されたくはないのです。昔があるから、今があるのです。そもそも私が「暗かった」のは、身体の障害や病気といじめによる不可抗力です。誰だって、好きで「暗い」わけではありません。明るく振る舞えない、暗くならざるを得ない理由があるのです。私に言わせれば、

「私は昔はそんなにひどかったですか？　あなただって、私と同じ障害と病気で同じ辛い経験をしたら、暗くて元気がなくなりますよ」

となります。他人から「昔より良くなった」などと上から目線で批評されたくありません。私に「明るくなった」と言う人は、自分は人を批評できるほど、いつも明るいのでしょうか？　静かな人には静かな人なりの良さがあります。

二〇〇七年七月、社労士事務所の所長は、「あんまりしゃべらないところが良い」と言ってくれました。結婚した私を見て、「明るく元気になった」「変わった」と言う人達もいましたが、所長はその類のことは何も言いませんでした。二〇〇九年七月、仕事のことだけ最低限のことしか話さない私に、所長は「君なら弁護士になれるよ」と言ってくれました。また、所長は私の周りの人達のように、「怒ってはいけない」「冷静になれ」「慎重に考えろ」と私の自然な感情を抑えつけることを言ったことはありません。私が被害を訴えると、いつも周りの人達は、「あの人はこういうつもりだったのです。あなたの被害妄想ですよ」と、いじめる人間を擁護しますが、所長はそのような態度をとったことはありません。

そして二〇一四年の春、所長は昔の無口で静かだった私を「あなたは普通でした」と言ってくれたので、私は気持ちが楽になり、片側顔面けいれんを抱えながらも堂々と振る舞えるようになったのです。ここ数年の構音障害が治った私の言動を見て、「もう病気治ってるね」と、いかにも「昔は精神的に問題があった」というように言う人達もいました。そんな時、私は心の中で「私は昔から精神障害ではなく、〝言語障害でいじめられて辛い。そのトラウマで話せなくてさらにいじめられて辛い〟という、人として当たり前の感情で生きてきただけです。私はいつでも、人として、女性として、ありのままの自然な感情で生きているだけです」と悔しくなります。周りの人達に「明るくなった」「病気が治った」「滑舌《かつぜつ》よく話せるようになった」と言われると、私は「皆、心の中では私のことをずっと『暗い』『心の病』『話し方がおかしい』と思っていたから、その気持ちが言動の端端に表れていて、時にはストレートに私にひどい態度をとっていたので、私はどんどん辛くなっていき、どんなに正しいことを言っても頭ごなしに私が悪い、私がおかしい、とされてきたのか」と納得がいくのです。

一生治らない病気で顔に注射を打ち続け、副作用も辛く、出産も無理で、国から何の支援も受けられない私の過酷な状況をわかっていながら、今でも「人生楽しく過ごしましょう」「あなたはそんな程度で済んでいますが、あなたより辛い人がいるのですよ」などと一方的に言う人達もいます。所長は私の病気に関しては何も言いませんでした。

私が最後に行き着いた感情は、

「健康な人は健康な感覚でものを言う。もう誰も、私には何も言わないでほしい。私のように、構音障害と片側顔面けいれんを経験していないのだから、誰も私に何も言う権利はない」

というものです。

結局、所長が電話で「あなたは普通でした」と言って、私の感情にも主張にも言動にもノーコメントで、実務の話題のみ淡々と話してくれた、あの事務的な対応が、私にはいちばん有難い対応でした。所長は、昔の私も今の私も、その都度その都度、私の感情も、ありのままの私を否定も非難もしない、いつも変わらない態度でした。

私は所長との電話で、自分がいちばん傷つかない方法がわかり、この問題を人に話すのをやめ、自分の悔しさや苦しみ、怒りを吐き出すために、自分のために、ありのままの感情を書くしかない、ひたすら本を書くしかない、という考えに至りました。大切なのは、自尊心です。

『自分を救うのは、自分しかいない。
　自分を救うには、もう本を書くしかない』

これが、落とし所です。

五年前、事務所で仕事をしている私に、所長が経営について話をして、「誰も助けちゃくれないから、自分で何とかするしかないんだよ」と言ったとき、私は黙ってうつむきながら「子供のとき、言語障害でいじめられても、誰も助けてくれなかったな」と考えていたことをふと思い出し、苦笑しました。リーマンショックの折、所長が「私は所員を守らなければならないから」と言った時、私は「所員と所員の家族を守るために私を切るのか」ととても傷ついたのでした。所長は話術に長けた人でした。私は離婚直後に雇い止めになったにもかかわらず、その後五年間も所長の「弁護士になれる」という言葉に舞い上がっていたのでした。

そして、出版社に最初の企画書を提出した時、出版社の人が絵の写真を見ながらしみじみと、「朱野さん、本でも一冊書かなければ、悔しくて先に進めないでしょう」と言ったことも思い出しました。

まだ梅雨が明けず、雨模様の日が続いていました。

まだあと二週間は梅雨が明けない。まだあと二週間くらいはボトックスが効いている。今ならまだ大丈夫だ。

七月の初め、私は出版社に電話して言いました。

「やっと気持ちが定まり、方針が決まりました。出版の日にちはこのままで、タイトルとペンネームは変更し、七章から十章をこれから十日くらいで全面的に書き換えて最終仕上げをします。表紙の絵は新しいタイトルに合わせて私が描きます」

二〇〇七年も、二〇〇九年も、梅雨が明けた七月下旬、所長が「あんまりしゃべらない張りが、この言葉につながったのかもしれません。二〇一三年七月、ＭＲＩの結果を眼科の先生と話し、治療することになったのも梅雨が明ける頃でした。梅雨時に私が必死になって原稿を書き、どんどん髪が短くなっていったので、先生は「何かあるのではないか」と気にかけてくれたのかもしれません。

そして二〇一四年七月、私は再び図書館で原稿を書き続けました。今年になって、人生で初めて万年筆を買いました。眼に負担のかからないよう度数を弱めた新しいメガネをかけ、目薬をさしながら、眼が乾いて痛い時は、指で片眼を押さえながら、机の電灯もまぶしいので消したまま、万年筆で、手書きで、ひたすら書き続けました。周りの人達はといえば、メガネをかけず、目薬もささず、机の電灯を点けてパソコンを打っている人が多いので、以前の私は「図書館で原稿を書いている姿まで健康な人とは違うんだ」と落ち込んでいましたが、今はもう、「病気だから仕方ない」と割り切るようにしています。

そして七月半ば過ぎのもうすぐ梅雨が明ける頃、構想から四年かかって、この本をついに書き上げました。

社労士事務所の所長がありのままの私を「あなたは普通でした」と強く言い切ってくれたこと、出版社の理解もありこの本を書き上げたこと、そして構音障害・片側顔面けいれんという過酷な障害や病気を抱えて三十八年間生き続けてきたこと、これが本当の原点、これが私の最後の自信です。

第十一章　受け皿（精神科・生活保護課・ヘルプマーク）

診断書

私は顔面けいれんの病気ですが、身体障害者手帳を取得できないし、難病認定もされておらず、障害年金も支給されません。

神経内科の医師に診断書を書いてもらえないか聞きましたが、医師は「体がけいれんしているとか、手が上がらないとか、体の症状では診断書は書けますが、顔のけいれんでは診断書は書けません」と言い、机から本を一冊出し、診断書が書ける体の部分のイラストが書かれたページをめくって見せてくれました。そして「朱野さんのように（障害認定から）漏れた病気では書けないから、朱野さんには申し訳ないというか……精神科では別の答えが返ってくるかもしれませんが……」と言いました。

私は精神科へ行くと、すぐに診断書を書いてもらえました。私は本来体の病気なのに、精神科で診断書を書かれるのは納得がいきませんが、国から支援してもらわないと生きていけないので仕方ありません。

このように、顔面けいれんや言語障害のように法律で支援が定められていない病気や障害の患者の受け皿が精神科や心療内科なのです。

私が「体の病気が辛い。体の病気のために人生がうまくいかないのが辛い」と訴えると、精神科や診療内科を勧められます。しかし、顔面けいれんも言語障害もあくまで体の病気や障害であって、精神障害ではありません。

役所へ相談に行った時、役所の人が「我々は今の法律に沿って仕事をするしかありません」と言ったことがあります。二〇〇〇年以降、心療内科やメンタルクリニックと名のつく病院が急激に増えました。今の法律で支援が定められていない厄介な患者達は皆精神科に回されます。そこで精神障害者として支援を受け、周りからも精神障害者と見なされます。精神科・心療内科がそのような人達の受け皿としての役割となっている、これが現代日本社会のからくりです。

私が読んだ不安障害の本には、構音障害と吃音が不安障害の例として挙げられていました。しかし、言語障害はあくまで身体の障害であり、精神障害ではありません。そして精神科・心療内科で行われる「認知行動療法」は「患者の認知の歪みを治す」というものであり、最初から「患者の認知が歪んでいる」と決めつけています。精神科・心療内科の考え方は「患者のものの受け止め方・感じ方・考え方に問題がある」というものです。したがって患者の「病気が辛い。病気のために人生が辛い」という人として当たり前の感情、正直な感情は殺されます。

私が健康診断の医師との面談で、「家族がいないのが辛い。孤独が身体を蝕んでいる」と言いました。すると医師は「それは心理療法が必要ね」と言うのです。次の年も健診で同じ事を言うと医師が心療内科を勧めるので、私は「家族がいないのが辛いというのは人間として当たり前の感情であって、精神障害ではありません」と言いました。

しかし医師は「カウンセリングが必要よ」と言うのです。

「体の病気のために家庭が持てない。家族がいなくて孤独」というのは、人として当たり前の感情で、誰でも私と同じ状況に陥ったら私と同じように感じるのではないでしょうか。

このように、体の病気や障害を抱えた人間が、精神科に通院し、精神障害者と見なされていると、例えば学校や職場などでいじめや嫌がらせの被害を訴えた時、いじめられた側のものの感じ方、受け止め方、考え方に問題がある、とされてしまうのです。体の病気や障害の患者が精神科に行けば、正しい事を言っても認められない、という状況に追い込まれてしまうのです。

このようにして、現代日本社会は少数派の厄介な主張を潰して、国が支援をしなくてよい仕組みを作っているのです。

私は役所に相談すると、生活保護課へ行くように言われました。何度か生活保護課に行きましたが、職員に「一人暮らしなら生活保護は出ますが、家族と一緒に住んでいれば出ません」と言われました。私は母の亡き後、脳梗塞と認知症の父を一人残して家を出る訳にはいかず、あきらめました。

私のような人間の役所の受け皿が「生活保護課」なのです。

私は初版本出版後、ヘルプマークの存在を知りました。私のように見た目には病気や障害を抱えていることがわからない人が身につけるヘルプマークのおかげで、電車の優先席で席を譲ってもらえることもあり、ヘルプマークに関しては東京都に感謝しています。今まで私に席を譲ってくれた人達にも感謝しています。ヘルプマークは良い意味で受け皿になっていると思います。

第十二章　思いを、もう一度

単身赴任の家庭で

私はブラジルで生まれました。

父と母は仕事のため、結婚してすぐブラジルに行き、そこで私は生まれました。

私が生まれた時、両親は私に「マチルダ」というブラジル名をつけてくれました。名前の由来は、母が私を産んだ病院の看護師さんの名前とのことです。

「名前につけるくらいなら、余程良い人だったんだろうな」と私は思いましたが、私の言えない発音の「チ」が入っているので、私は複雑な気持ちでした。

「私のブラジル名は人には言えないな」と思いました。

私が二歳の時、家族で帰国しました。その後も父は何度も仕事で海外に行きましたが、いつも単身赴任でした。日本にいる時も、父はいつも仕事をしていました。

父はエンジニアで、クーラーの設計をしていました。高校を卒業してすぐ就職し、静岡の工場に配属になりました。母に「お父さんはお金がなくて大学に行けなかったんだよ」と言われました。母はピアノが好きでしたが、お金がなかったために音大には行けず、地元静岡の短大の英文科に行き、父と同じ会社に就職しました。母は「音楽科に進んだ同級生に会った時、〝チエコちゃんも来ればよかったのに〟と言われた」と悲しそうに言っていたことがあります。

父も母もお金がなかったために将来進む道を選べなかったので、物事をすべてお金と結びつけて考えるようになっていました。

十歳の時、私は母に「私はお父さんと話したことがない」と言うと、母は「〇〇会社で高卒でお父さんほど出世した人はいないいんだよ！」ときつい口調で言いました。別の時も私は母に同じことを言うと、母は「お父さんは働いて生活費を稼いでくれているんだよ！」とまたきつい口調で言うので、私は父と娘の会話が全くないことを母に言うのをやめました。

朱野家ではいつも「うちはお父さんが働いて生活費を稼いでいるから、何の問題もない」のひとことで済まされていました。

私は小学生の頃から母に「外国にいるお父さんに心配かけないようにしようね」と言われていました。

父が行った国は二十ヶ国くらいで、主にブラジル、中国、台湾、サウジアラビアなどです。母は「二十ヶ国は〇〇会社では少ない方だけど、滞在日数はお父さんがいちばん長いんだよ。外国だと工場長だけど、日本だと部長クラスだよ」と誇らしげでした。

私は「滞在日数がいちばん長い、というのは、〝家族が離れて暮らした日数が〇〇会社ではいちばん長い〟ということなのに……」と思いました。父の海外出張は短くても三ヶ月や六ヶ月、長いと一年間や三年間でした。

私が小学六年生の時は、父は台湾に一年間単身赴任で行き、中学一年から三年までの三年間はブラジルへ単身赴任で行きました。

子供のことは母が父に報告する、という形でしたが、母は父に良いことしか報告しませんでした。

中学生の時は、父は毎週日曜日の夜、ブラジルから電話をかけてきました。私は父と何を話せばよいのかわからず黙っていると、隣で見張っている母が「成績がクラスで一番だったと言いなさい」と言うので、私がその通りに言うと、父は「本当？　すごいね」とひとこと言って会話は終わりました。

この時から父と話すには何か大きなことを成し遂げて報告しなければならない、と思うようになりました。日常の些細なことは、一切話しませんでした。

母も娘が変なことを言わないか隣で見張っているので、「学校でいじめられている。バカにされている」とはとても言えませんでした。不登校になりたくてもなれず、嫌々学校に行くしかありませんでした。

一週間に一度の短い電話でも、母は「お父さんは毎週電話をかけてきてくれるんだよ！全然電話しない人だっているんだよ！」ときつい口調で言うのでした。

家族が離れて暮らしていても、父が「大企業に勤めている」というだけで、他人からは「お金があって恵まれている」と思われていました。母方の祖父にも「お父さんはすごい人なんだよ」と言われました。父はブラジルが気に入っていたらしく、母が「お父さんは老後は一年のうち半年日本で暮らし、半年ブラジルで暮らすんだって」と言っていました。

私は「老後も家族と離れて暮らすつもりか……」と思いました。

同じ土俵に立つために

高校一、二年の時は、父は日本で働きました。家族皆で食事をしている時、母から私がロシア文学を読んでいるのを聞いたらしく、「ロシア文学って良いよね」と言ってくれました。

父は家にいる時はよく「中国語講座」をテレビで見て中国語の発声練習をしていました。仕事なので仕方ないのですが、私は「娘は日本語さえ話せないのに…」と思っていました。父は私が高校三年生の時、また台湾に一年単身赴任で行きました。

私は大学生になって家を出ました。上京する時も、父は私に何も言いませんでした。家に帰った時、母は「お父さんは技術士の資格を取ったんだよ。技術士って理系ではトップの資格なんだって！　弁護士と同じくらい難しいんだって！　どうして技術士の資格を取ったかっていうと、〝大卒のヤツらと同じ土俵に立つためだ〟って。お父さんはなかなかの人だよ。この前警察官が来て〝ご主人はすごいですね。技術士って難しいんですよね〟って言ってたよ！」と嬉しそうに言いました。

私は自分が大学に行っていたので、五十代の父がトップの資格を取らなければ大卒の人達と勝負さえできない、ということを重く受け止めませんでした。

大学には立て看板が何枚もあったので、私は母に「お母さんの若かった時は学生運動があったよね?」と聞くと、母は「学生運動? 学生運動なんてお金があって大学に行けた人達がやっていたことだよ! お金がなくて大学に行けなかった人は学生運動どころではなかったよ! それに、都会の話だよ……」と不機嫌そうに言うのでした。

私には兄がいますが、ロシア映画のタルコフスキーの「ストーカー」を兄に見せると、兄はとても感動したようで私に「アキコの〝良い〟っていうのは本当に良いからまた何か良いのがあったら教えてね」と言ってくれました。また私が好きなソクーロフの「オリエンタル・エレジー」を私が見ていると兄も「この映像良いね」と画面に見入っていました。私は大学の卒業論文はアレクサンドル・ソクーロフで映画と文学の比較論を書きました。

父は台湾から戻ってきた後は、東京の日本橋の子会社に異動になり、働きながら東京で技術士事務所を開業したので、私は大学を卒業して美術学校へ行くためにもう一度東京へ行った時から自宅兼事務所で暮らせることになりました。東京で暮らせることはとても恵まれていたと思います。

私が大学を卒業後、父は早稲田大学の理工学部の大学院にそれまでの経歴を書いた書類を送り、大学院に入学したいと伝えました。私は父に「大学院に行ってどうするの？」と聞くと、父は「博士になる」と言いました。父は企業勤めのイメージだったので、私は意外に思いました。しかし、もしかしたら父は本当は大学教授になりたかったのかもしれません。

しばらくして、大学院から断りの手紙が届きました。父は私に「ダメだったよ。大学を出ていなくて学士の資格がないから大学院には入れないんだって」と言いました。そして大学院から届いた「素晴らしいご経歴ですが……」と丁寧な文章で書かれた手紙を私に見せました。

私は父は技術士の資格まで持っているので、今更大学院に行くこともないと思いました。父も淡々とした様子でした。しかし、今思えば、父はとても落胆していたのだと思います。「大学を出ていない」ということが、ここでも足枷になったのでした。「それならこれから大学に行けばいい。早稲田大学には社会人入学で勉強していた年配の人はたくさんいたよ」と言ってあげれば良かったと、今では悔やまれます。

父はその後「ニューヨークの学会で英語の論文を発表する」と言って、私に全て英語で書かれた論文の学会誌を見せました。父はいつも後進国の工場長をやっていたので、ニューヨークの話が意外に感じました。父に見せられた英語の論文を見ながら、私は「娘は日本語さえ話せないのに……」と思い、「すごいね」と言ってあげることができませんでした。

父は海外での仕事が全くなくなり、夜は七時頃帰ってくるようになったので、私が二十代終わりくらいから、朱野家では家族で夕食を食べるようになりました。私が大人になるまでは、父は日本にいる時も、毎日帰りは夜の十時頃で、土曜日も仕事に行っていました。夕食を食べながら、父は「私が今までいちばん共感した言葉は〝同情するなら金をくれ〟だ」と言いました。私は「だから娘には何も言わず、いつも金だけ出してきたのか」と思いました。

私が二十七歳の時父に「娘に声をかけてください」と言うと父は「私は声をかけない方針でやっているからこれからも声はかけないよ。何かあったらアキコから言ってね」と言いました。しかし私が声をかけると父の返事は「金は出すから」のひとことでした。

またある時は「これほどのことをやっているのに、どうして認められないんだ」と不満そうに言ったこともあります。日本技術士会から帰ってきた時は、

「技術士会の〝社会貢献委員会〟で『我々は金を稼ぐためにやっているんだ。だから〝社

会貢献委員会〟という名前は良くない！』と言ったら技術士会の人に『朱野さん、〝社会貢献委員会〟でいいんです！』と言われた」と不満そうでした。父は綺麗事は言わない人でした。結局、父は〝社会貢献委員会〟は一期くらいで辞めたようでした。

父は「医者のずるいところは同意書にサインさせることだ」と言っていました。私はボトックスを打つ時、妊娠を含め様々な副作用の書かれた同意書に毎回サインしました。

また別の時は、「結局〝目には目を〟だと思う」と言うので、私はその通りだと思い、「私の言語障害をバカにした人間達は皆、言語障害になればいい」と思いました。今でもその考えは変わりません。

父はある時、「性善説っていうのは、経済的な問題をクリアした上での話だね」と言いました。私は「性善説は健康上の問題をクリアした上での話だ」と思いました。

父は私が家に籠もっていると、私に事務所の仕事を頼むことがありました。今にして思えば、私に自信をつけさせようとしてくれていたのかもしれません。

ある時、リビングのテーブルの上に起業の本が置いてあったので、私は母に「お父さんは会社を立ち上げるの？」と聞くと、母は「そうだよ。六十八歳で会社を立ち上げるんだって」と言いました。私は父に「会社立ち上げてどうするの？」と聞くと、「社長になる。

会社名は〝株式会社ヴェリタス〟だよ」と言いました。父は昔から「自分は百歳まで生きる」「生涯現役」と言っていました。

しかし、結局父は会社を立ち上げませんでした。父は「技術士事務所の仕事で食べていけるから」と言っていましたが、私の眼が開かなくて大変な状態だったのでやめたのかもしれません。

父は港区の外資系の企業の技術顧問をやっていて、「今日は本国とテレビ会議をやった」と誇らしげでした。

十思公園

私は本の執筆を始めました。

母が新聞で出版社の説明会の広告を見つけてくれて、「アキコ、本を書くって言うから、出版社の広告が出ているよ」と教えてくれました。自費出版の費用はいつも通り父が出してくれました。最初はパソコンで執筆するつもりだったので、兄が有楽町まで一緒に買いに行ってくれて、パソコンを選んでくれました。

私は当時無職でしたが、生活費は高齢の父がまだ働いていて、私の生活費も出してくれていました。父が脳梗塞を患っていることを母から聞いていましたが、父は「私は騙し騙しやっているから」と言って仕事に行っていました。家事など、家のことはすべて母がやってくれていました。そのおかげで私は本の執筆のみに専念することができました。

母はいつも家にいて、私が「どこどこへ行きたい」と言うと、いつもすぐに一緒に出かけてくれました。例えば、私が「吉田松陰が処刑された日本橋小伝馬町の十思公園に行きたい」と言えば、昔の牢獄や処刑場の跡地でも一緒に見に行ってくれました。十思公園には「吉田松陰が処刑される二日前、『留魂録』を書いた場所」と書かれた説明板があり、その前で母が私の写真を撮ってくれました。説明板を読み、私は「事実を言葉にして文章として記録する大切さ」をしみじみと感じました。そして私も「必ず本を書いて記録を残すぞ」と決意を新たにしました。二〇歳の時、誰もいない冬枯れの大原問答で「私の目標は日本語が普通に話せるようになることだよ。」と私は母に言い、その時も母は閑散とした大原問答で私の写真を撮ってくれたのでした。

また、家から遠く離れた「東武動物公園のホワイトタイガーを見たい」と言えば、老齢の母は一生懸命私と一緒に出かけてくれました。丸の内にもよく行きました。母は年をとるにつれて具合が悪くなっていきましたが、娘の病気に一生お金がかかるために、絶対に病院には行きませんでした。

母が亡くなった後、遺品整理をしていると母の手帳が出てきて、最初のページに「今年はアキコのためだけに生きる」と書かれていました。

家族のサポートのおかげで、私は本を書き上げることができました。

私の本を読んで母は「大変だったんだね」と落ち込んでいました。父はなかなか読んでくれませんでしたが、やっと読んでくれて「いい本だよ」と初めて私の作品にコメントしました。

人生の最後まで

ある時、父は私がいるところで母に向かって言いました。

「私が悪かったんだよ。私が温かく見守ることができなかったんだ。マサノリ（兄）とアキコには冷ーたい態度をとって……」

私は父の背中を見ながら、「七十過ぎてやっと気がついたのか……」と思いながら、黙っていました。父は子供時代のことをほとんど話しませんでしたが、「子供の時、他の家の家族のふれあいを見て、〝うちにはそういうのないなあ〟と思って、他の家がうらやましかった」と言ったことがあります。

母は「私は二〇歳で親を見限った！」と言ったことがありました。

父は亡くなる前、一年数ヶ月程、施設で生活していました。最初はお見舞いに行っていましたが、コロナの流行により面会禁止になったので、私は父にハガキや手紙を送っていました。調子の良い時に書くようにしていたので、一週間に一～二枚しか書けず、全部で三十枚ぐらいしか送れませんでした。

父が亡くなった後、私が施設に父の荷物を取りに行き、ハガキと手紙も全部持って帰りました。三十枚程度のハガキと手紙の中で、折れて茶色くなったハガキが二枚ありました。一枚は「お父さんのやってきた仕事は社会に本当に必要とされる仕事なんだということが、やっとわかりました」という文章が書かれていました。そして、もう一枚、折れていちばん黄ばんだハガキには「いつもお金を出してくれて、感謝しています」という文章が書かれていました。施設のスタッフの人に、父が亡くなった後、ハガキのことを聞くと、

「お父さんは〝娘さんからお便りが届きました〟と言って持っていくと、顔をほころばせ、枕元にしばらく置いていたりしましたよ」

と教えてくれました。黄ばんだハガキはおしっこのにおいがしました。

父は仕事のこととお金のことが書かれたハガキがいちばん嬉しかったからその二枚はズボンのポケットに入れておいたのではないだろうか、だからおしっこのにおいがついて黄ばんでいるのではないだろうか、と私は思います。

私はそれまで父に「お金を出してくれてありがとう」と言ったことは一度もありませんでした。しかし、最後に四十過ぎた娘がやっと「お金のことを感謝している」とハガキに書いたことで、「やっと娘はわかってくれたか」と父は思ったのかもしれません。

父は認知症でしたが、人生の最後まで、子供時代と若い頃お金がなくて苦労したこと、お金がないために大学に行けなかったことが常に頭の中にあったのかと思うと、私には言葉がありません。

父は施設にいた時いつもズボンにベルトを通して、ぼろぼろになった革のケイタイ電話ケースをそのベルトにつけて持ち歩いていました。そして「これが商売道具だから」と言っていて、元気だった時は私が父に電話するとすぐに出てくれました。施設でもいつも新聞を読んでいました。

父は亡くなる二ヶ月前に日本技術士会から「名誉会員賞」の賞状をもらいました。私が施設に額に入れた賞状を持っていくと、偶然父が車イスに乗って現れたので、父に賞状を見せました。近くにいたスタッフが「朱野さん、名誉会員ってすごいじゃないですか」と言ってくれたので、私が「父はエンジニアですから」と言うと、父は泣きそうな顔をしました。

父は入院する前、私が大学病院に行くのにタクシーで付き添ってくれたことがありました。父は私が調子が悪くて病院に行く時はいつも「タクシーで行って」と言ってお金を渡してくれました。病院内のレストランで一緒に食事をして、会計の時、ふるえるおぼつかない手で財布から技術士事務所の名刺を一生懸命取り出して、領収証のあて名に書いてもらいました。事務所の名刺のマークは私が描いたものでしたが、父はその名刺をずっと使ってくれていました。

父は理系の人だと思っていましたが、五木寛之の本を読んだり、同窓会の自己紹介の趣味の欄に「歴史散歩」と書いていたので、もしお金があったら工業高校ではなく普通高校に行って文系の大学に行っていたかもしれません。

コロナで面会禁止になった後、パソコンでのオンライン面会を父と兄と私で行って、その直後に父は亡くなりました。オンライン面会で最後に兄と私と会うまで待っていてくれたみたいでした。父は施設から病院へ救急車で運ばれる時、私を安心させるためか、「痛いところはどこもない」と言っていました。

父と母はいつも明るく振る舞っていました。私は「娘はこんなに辛いのに」と思っていました。しかし、父と母が亡くなった後、父の部屋に五木寛之の「心が軽くなる」というようなタイトルの本があるのを見つけました。また、母の読んでいた本の中に「スヌーピーの心が軽くなる本」というようなタイトルの本を見つけました。

小学生の時も大学生の時も、同じ学校の人達から「親って何も言わないの?」と聞かれるので、「何も言わない」と答えると、「親って変わってるね」と驚かれることが何度かありました。

父と母に「どうして娘の将来のことを何も言わないの?」と聞くと、「自分達が大学に行けなかったから、大学のことはわからなかったんだよ」と言いました。

私の言語障害に関して、私が大人になってから聞くと、父は「話せないのを話せっていうわけにもいかないから……」と言っていました。父はいつも私に何も言いませんでしたが、結局、何も言わなかった父がいちばん正しかったのかもしれません。

私が行き着いた、「誰も私に何も言う権利はない」という考えは、まさに父の私に対する接し方でした。

高校生の時、父が「デズニーランド、デズニーランド」と言っていて、母が「嫌ね、デズニーなんて昔の人みたい。ディズニーよ、ディズニー！」と言っていたことがあります。父は「自分もディが言えないよ」と私に伝えたかったのかもしれません。

終わりに　限りない優しさ

この本は、二〇一四年に出版した本の改訂版です。新たに家族のことも書きました。

改訂版を書こうと決意した時、父と母が勤めていた会社の本社のビルを見に行きました。

母から「お父さんは〝もうこれ以上行けない〟と断ったこともあるんだよ」と聞きました。父は「仕方ないよ。仕事なんだから。〝行かない〟って言ったら、〝それじゃあ会社辞めろ〟ということになるんだから」と言ったことがあります。

「もし父があのまま海外で働いていたら、いずれは本社勤めになって、もっと出世していたかもしれない。そうしたら、父の悔しさも少しは緩和していたのかな……。〝行かない〟って言ったから、出世コースから外されちゃったのかな……」

子供には何も言わなかった父のことを思うと、心が痛みました。そして、

「必ずもう一度私の本を本社のビルの隣にある丸の内の書店に置くぞ！」

そう思いながら、私は東京駅の目の前にある本社のビルを見上げました。

二〇一七年に母が、二〇二〇年に父が亡くなりました。

父と母は子供にはお金の不安を一切感じさせず、いつもやりたいことをやらせてくれました。

お金がないために大学に行けず、人生でやりたいことをやれなかった父と母の悔しさをわかってあげられなかったことが、今でも悔やまれます。

私も父も悔しさを抱えながら、人から認められようといろいろなことをやり、がむしゃらに頑張ってきました。今にして思えば悔しさを抱えながら闘うスタンスが私と父は似ているのかもしれません。同じ土俵に立つために……。

父と母が亡くなった後は、モデラーの兄が私をずっとサポートし続けてくれていました。

二〇二三年、兄が家に来たので、「もう一度本を出版することになったよ」と言うと、兄は「目標ができて良かったね。同じ出版社?」と喜んでくれました。

母が亡くなった時私は自ら本を絶版にして、それから六年間ずっと死んだような心で生きてきました。赤柴の愛犬サクラだけが心の支えでした。

サクラは以前飼っていたシェルティのメリーと同様に限りなく優しい犬です。

最後に、私の子供時代と父のことを詠った短歌があります。

冬枯れの景色が好きという少女
己を蝕む孤独を知らず
ブラジルで暮らしし父は北国の
少年時代を語ることなし

完

本書は２０１４年11月に弊社より刊行された
『最後の自信　構音障害を乗り越えて』に加筆・修正をしたものです。

著者プロフィール

朱野 アキコ（あけの あきこ）

1976年、ブラジルで生まれる。
ブラジル名は「マチルダ」。
２歳から18歳まで静岡県で暮らす。
現在は東京都在住。
早稲田大学第一文学部（ロシア文学専修）卒業。

著書
『最後の自信　構音障害を乗り越えて』（2014年、文芸社）

思いを、もう一度 言語障害と顔面けいれんと共に

2025年２月15日　初版第１刷発行

著　者　朱野 アキコ
発行者　瓜谷 綱延
発行所　株式会社文芸社
〒160-0022　東京都新宿区新宿１－10－１
電話　03-5369-3060（代表）
03-5369-2299（販売）

印刷所　株式会社フクイン

ISBN978-4-286-25463-0